अँगुलियों का ऑर्केस्ट्रा

भाग-4

ओसामु यामामोतो

अनुवाद

तोमोको किकुचि

यह ताकाहाशि कियोशि की जीवनी पर आधारित कहानी है ।

सहायक ग्रन्थ : योरिको कावाबुचि द्वारा लिखित ''शिकोत्सु (अँगुलियों की हड्डी)'' प्रकाशक; शिनशोसेत्सुशा, 6, ''शुवा व कोकोरो (सांकेतिक भाषा हृदय है)'' प्रकाशक; जेन निहोन रोआ रेन्मेइ

अँगुलियों का ऑर्केस्ट्रा
भाग-4

अनुक्रम

देर से पत्र लिखने के लिए खेद है। मैं आज पहला पत्र लिख रहा हूँ
आशा है कि सब लोग सकुशल होंगे

अध्याय तीस : शूको

अब मैं न्यूयॉर्क में हूँ और आसपास के क्षेत्रों में अनेक बधिर-मूक विद्यालयों का निरीक्षण किया है
इसके बारे में वापस आने के बाद विस्तार से लिखूँगा

आज आपको यह बता कर सुखद अनुभव हो रहा है कि
मेरी दिली इच्छा थी कि अमरीका यात्रा के दौरान मुझे सुश्री हेलेन केलर से मिलने का सुअवसर मिले
कल न्यूयॉर्क में एक बैठक में गया और असाहि अखबार ओसाका शाखा के पत्रकार त्सुनेकावा जी से मिला
मैंने अपनी इच्छा उन्हें बताई और उन्होंने सुनकर यह कृपा की कि
न्यूयॉर्क टाइम्स के मित्र ने मुझे सुश्री केलर से मिलवाने का प्रयास किया
यदि सब ठीक रहा तो मेरी सुश्री हेलेन केलर से मुलाकात होगी

नमस्ते
आइए
खट खट
मैं खुशी से बहुत आनन्दित हो रहा हूँ
फुजिइ मैडम, बैठिए
अभी ओसोने का पत्र मिला, उसकी सुश्री हेलेन केलर से मूलाकात हो सकती है
सुश्री हेलेन केलर से...!?
अरे बहुत अच्छा
फिर आप क्या चाहती हैं?
जी...मेरी एक सहेली को इस स्कूल में पद मिल सकता है?
शिक्षिका हैं?
जी, उसके पास डिग्री भी है
उसने शिक्षक प्रशिक्षण भी लिया है

सात साल पहले उसका तलाक हो गया था, उसके बच्चे की देखभाल नाना-नानी करते हैं
बच्चा अब प्राथमिक स्कूल में होगा, इसलिए वह बच्चे के साथ रहना चाहती है
मैं उसे भली भाँति जानती हूँ
वह मेरी बहन जैसी है
अगर सर का मुझ पर विश्वास है तो...
हा हा हा
ठीक है, एक बार मिल लेता हूँ
धन्यवाद
बधिर-मूक विद्यालय में शिक्षक की कमी तो हमेशा रहती ही है
वह शिगा जिले में बौद्ध मन्दिर के पुजारी की पुत्री है
उसका नाम ओता शूको है
शूको...?

उसके पिताजी अनोखे हैं...
"शू" शब्द का अर्थ कुरूप है
अरे ऐसा नाम...औरत को क्यों
उनका कहना है कि दुनिया में अक्सर बच्चों को सुन्दर नाम दिया जाता है
परन्तु आखिरकार हमेशा उसके रूप का नाम से मेल नहीं खाता
इसलिए उन्होंने बेटी को उल्टा नाम लगा दिया?
फिर...पिताजी के अनुमान का सही नतीजा निकला?
जी हाँ
वह बहुत सुन्दर है

ओ हो वह तो बहुत सुन्दर है
सर के लिए कैसी होगी?
किस के लिए
आपकी पत्नी बनने के लिए
खी
वाह
हा हा हा
खी खी खी

खी खी खी खी
अच्छी बात हुई!!
बड़ा मजा आ गया
फिर... आपकी तस्वीर भी मैडम ने ले ली?
क्यों नहीं
जबर्दस्त मैडम हैं वे
जरा... सुनिए
एकदम ऐसा नहीं...
सर...मैं बराबरी में विश्वास रखती हूँ
मैंने शूको के बारे में आपको बताया, इसलिए आपके बारे में भी शूको को बताऊँगी
सर संकोच नहीं करना चाहिए
अब आप लोग लड़का लड़की तो हैं नहीं

ガラ
कर र र
वह ले जाइएगा
इससे वह तस्वीर अच्छी थी जिसमें आप कमरे में बैठे हैं
कोई फर्क नहीं पड़ेगा
तस्वीरों में मैं ही तो हूँ
फिर...आखिरकार
मैडम उसी तस्वीर को ले गयी होंगी जिसमें आप बैठे हैं
जबर्दस्त मैडम हैं वे...
मिलकर देखिए तो सही
फुजिइ मैडम की व्यक्तित्व को जाँचने की दृष्टि बहुत पैनी है

फुर्सत नहीं है
कल शिगा जिले के बधिर-मूक विद्यालय के उद्घाटन समारोह में जाना है
अगले सप्ताह को किंकि इलाके के प्रधानाचार्यों की सभा है
बहुत ही व्यस्त हूँ
अब निशिकावा सर से आपकी मुलाकात होगी
उनका साथ देने वाले इतने लोग हैं और हमारे साथ तो नहीं के बराबर
उन लोगों ने "बधिर मौखिक प्रणाली प्रचलन संघ" की स्थापना की, इसमें शिक्षा मंत्री जैसे कई बड़े सम्मानित सदस्य हैं
खी खी खी
वाह
वाह
हा हा हा

नहीं सर, घर जाइए
कल जल्दी निकलना है आपको
मैं ठीक हूँ, ज्यादा पिए हुए नहीं हूँ
एक बार स्कूल जाकर आता हूँ
ताकाहाशि सर, कहाँ जा रहे हैं!!
स्कूल में बीथोवेन का रेकॉर्ड रखा है
संगीत के लिए
संगीत सुनने जाता हूँ
वही सुनने से स्फूर्ति मिलती है सिंफोनी नम्बर 9!!
सिंफोनी नम्बर 9!!

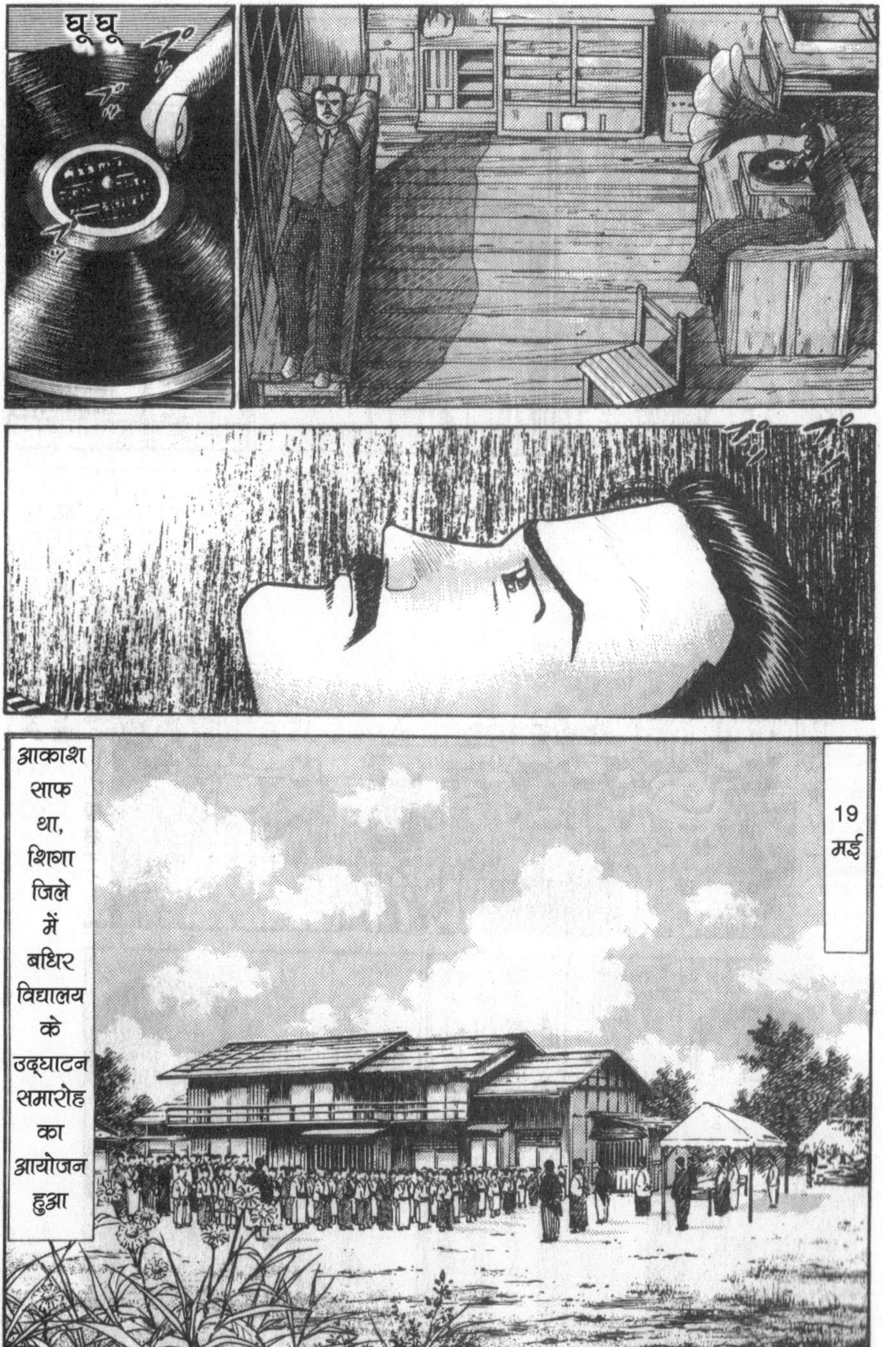
घू घू
19 मई
आकाश साफ था, शिगा जिले में बधिर विद्यालय के उद्घाटन समारोह का आयोजन हुआ

स्कूल की इमारत पहले रेशम के कीड़ें का भवन था
सिर्फ 16 छात्र-छात्राएँ
वहीं के कृषि विद्यालय के विद्यार्थियों ने शहतूत के खेत को जोत कर स्कूल का मैदान तैयार किया
उसी मैदान में शिक्षा मंत्री और सभासदों की शुभ-कामनाएँ पेश की गयी
अन्य अतिथियों के बीच कियोशि ने पहली बार निशिकावा किचिनोसुके को देखा
वह बधिर बच्चे का पिता था... मौखिक प्रणाली का स्वाध्याय कर उसने बेटी की शिक्षा में असीम सफलता प्राप्त की

स्कूल के प्रबन्ध के लिए जिले का बजट पर्याप्त न होने के कारण उन्होंने निजी सम्पत्ति भी दान कर दी
उन्होंने स्वयं स्कूल की स्थापना की और अब देश की बधिर शिक्षा प्रणाली में भी परिवर्तन लाना चाहते हैं
अब हमारे पड़ोस के जिला ओसाका के बधिर-मूक विद्यालय के प्रधानाचार्य
श्री ताकाहाशि कियोशि द्वारा शुभकामनाएँ प्रस्तुत की जाएगी
आपके स्कूल की स्थापना के लिए बहुत बधाई
जब फुरुकावा तशिरो सर ने क्योतो में बधिर शिक्षा की शुरुआत की
तब से 50 साल बीत गये

सांकेतिक भाषा और मौखिक प्रणाली सम्बन्धी वाद-विवाद को आप सब जानते हैं
वर्तमान में निशिकावा सर और अन्य विद्वानों द्वारा मौखिक प्रणाली का गहन अध्ययन किया जा रहा है
आज इस स्कूल को देखकर निशिकावा सर के अथाह प्रयास के सामने मैं अपना सिर झुकाता हूँ
बेशक मैं मौखिक प्रणाली का विरोधी नहीं हूँ
फिर भी मैं जानता हूँ कि मौखिक प्रणाली सभी बधिरों को नहीं बचा सकती इसलिए इससे मेरी असहमति है
यह ताकाहाशि तो ऐसा ही है
यहाँ पर मौखिक प्रणाली, सांकेतिक भाषा वगैरह की चर्चा की क्या जरूरत थी
मेरी चिन्ता का कारण इतना संकीर्ण नहीं है
मेरी कभी ऐसी चिन्ता नहीं थी कि मेरी प्यारी सांकेतिक भाषा खत्म होगी

कहने दो, 4-5 साल बाद शिक्षा मंत्रालय सांकेतिक भाषा को बन्द करेगा और मौखिक प्रणाली को ही प्रोत्साहित करेगा
शिक्षा मंत्रालय हमारे साथ है
तब सुनेंगे उसका रुदन
हम सबके अलग-अलग विचार हैं
मेरा और निशिकावा सर का रास्ता अलग है, परन्तु मेरा विश्वास है कि बधिर-मूकों के प्रति हमारी संवेदना समान है
मुझे सुनने के लिए आप सब का बहुत धन्यवाद...
घड घड़
आप सबको शुभकामनाएँ

छम छम
आज हमने अलग प्रकार की शुभकामनाएँ सुनीं
जरूर
नमस्कार
नमस्कार, मैं निशिकावा हूँ
यहाँ पधारने के लिए बहुत धन्यवाद
ताकाहाशि सर

आपकी शुभकामना के लिए मैं आभारी हूँ
सर...उधर आपके मेहमान इन्तजार कर रहे हैं
उनको इन्तजार करवाइए
मैं सांकेतिक भाषा प्रणाली के पक्षधर ताकाहाशि सर से बात करना चाहता हूँ
आपने अभी कहा कि हमारा रास्ता अलग है, यानी मौखिक प्रणाली और सांकेतिक भाषा
फिर भी बधिर-मूकों के प्रति हमारी संवेदना समान है
परन्तु ऐतिहासिक दृष्टि से मौखिक प्रणाली महत्त्वपूर्ण है
लोग उसे ही चाहते हैं
पाश्चात्य देशों और अमरीका में भी यह प्रमाणित हो चुका है

बिलकुल सही, विजेता ही इतिहास को लिखता है
लेकिन आज तक कोई इतिहास में बधिर-मूक विजेता नहीं रहा
मैं तर्कपूर्ण ढंग से बताता हूँ जिस पर आप हँसने के लिए स्वतन्त्र हैं
मौखिक प्रणाली के पक्षधर के लोग सांकेतिक भाषा विहीन दुनिया...
ऐसी दुनिया को आदर्श मानते हैं जिसमें बधिर-मूक को सांकेतिक भाषा का प्रयोग नहीं करना पड़ता
परन्तु हमारी आदर्श दुनिया में बधिर-मूकों के लिए सांकेतिक भाषा का प्रयोग स्वीकार्य है
और उस दुनिया में सभी को सांकेतिक भाषा आती है

बारिश में ताकाहाशि अकेला वापस आ रहा था
निशिकावा कुलीन आदमी है
ताकाहाशि उनके व्यक्तितत्व से अभिभूत हो रहा था
परन्तु उसको उनके खिलाफ संघर्ष करना था
जब तक तलवार टूटे और आखिरी बाण चले तब तक वह लड़ेगा

शादी!?
न... नहीं...
मैंने नौकरी के लिए पूछा था, शादी के लिए नहीं
शूको मेरा विश्वास करो
प्रधानाचार्य साहब महान आदमी हैं आप दोनों के लिए अच्छा रहेगा
मगर...मैं कभी उनसे मिली भी नहीं...
सोचने के लिए काफी समय है
तस्वीर को देखो... पिताजी के साथ भी चर्चा कर लो
मुझे ठीक नहीं लग रहा
मेरा तलाक हुआ था और बच्चा भी है

फुजिइ जी...मैं
सर को मैंने सब कुछ बताया है
अब वैवाहिक जीवन की उम्मीद खत्म हो चुकी है
इसलिए शिक्षक की नौकरी चाहती थी
और अपने बच्चे के साथ रहना चाहती थी
शूको, मैं भी पहले वही सोच रही थी
मैं आप और सर दोनों के बारे में अच्छी तरह जानती हूँ...
इसलिए ऐसी बात करती हूँ
कोई जबर्दस्ती नहीं कर रही हूँ
सर अब... बहुत मुसीबत में हैं

दिन-रात एक कर मेहनत करते हैं, उनको देखकर मुझे रोना आता है
उनका दृढ़ संकल्प है कि बधिर-मूक के भविष्य के लिए सांकेतिक भाषा की रक्षा करना, जरूरी है यद्यपि देश भर के लोग उनका विरोध करेंगे
क्या तुम ताकाहाशि सर की मदद करोगी...
वह काम तुम ही कर सकती हो
इसलिए तुम्हारी मदद चाहिए

फुजिइ, आप फ्रांसीसी भाषा की सामग्री का अनुवाद करें
मात्सुनागा, आप सांकेतिक भाषा के इतिहास का सार बनाएँ
मैं अँग्रेजी की सामग्री का अनुवाद करता हूँ
अगले सप्ताह इसी के आधार पर पुनः बातचीत करेंगे
जब अमरीका से ओसोने वापस आयेंगे
तब उनके रिपोर्ट और हमारे शोध के आधार पर हम इस स्कूल की निजी शिक्षा प्रणाली को निर्धारित करेंगे
प्रधानाचार्य साहब!!
ठक
अगले वर्ष ओसाका जिले की ओर से शिक्षण-निरीक्षण होगा

मुझे पाश्चात्य देश भेज दीजिए
बजट नहीं है तो मैं खुद के खर्चे से जाऊँगा
फ्रांस की सामग्री पढ़कर मुझे लगता है कि अनुसन्धान की सख्त आवश्यकता है
ठीक है, मैं जिले से पूछ लेता हूँ
मौखिक भाषा का प्रचलन होने के साथ-साथ इस स्कूल की गतिविधियाँ बढ़ने लगीं और निजी शिक्षा प्रणाली की स्थापना के प्रयास आरम्भ हुए
कियोशि और शूको की मुलाकात नहीं हुई। 1929 का वर्ष समाप्त हो रहा था

To mr. Oosone.
With all good wishes
Helen Keller

Forest Hills.
New York

श्री ओसोने
शुभकामनाओं के साथ
हेलेन केलर
न्यूयोर्क, फॉरेस्ट हिल्स में

सुश्री हेलेन केलर ने ओसोने को अपनी आत्मकथा "मिड्स्ट्रीम" भेंट की, उन्होंने अपने हाथों से यह लिखा था

अध्याय इकत्तीस : फॉरेस्ट हिल्स

19वीं
शताब्दी
का चमत्कार
नेपोलियन के
साथ हेलेन
केलर का
नाम रखा
जाता है,
इस छोटे
मोहल्ले में
उनका
छोटा सा
घर है

पेड़ों के
बीच से
सुबह के
गुलाबी
रंग की
किरणें
दिखाई
दे रहीं
थीं और
मेरे
कदम
उत्साह
के साथ
आगे
बढ़
रहे थे

आज मेरे जीवन का ऐतिहासिक और भावुक दिन है, मित्र की मध्यस्थता से मेरी मुलाकात साकार हो रही है
हैलेन केलर...
घर के बाहर डाक के बक्से में उनका नाम देखा, फिर भी यकीन नहीं हुआ कि मैं यहाँ हूँ
बिना बगीचे वाला लकड़ी का छोटा घर था
क्या सचमुच यही उस महान शख्सियत का घर है...

लेकिन मेरे संकीर्ण दृष्टिकोण के कारण वैसा दिखता होगा
यही मामूली घर उनकी महानता बताता है कि वे भौतिकता में फँसना पसन्द नहीं करती थी
साधारण से ड्राइंग रूम में मुझे बैठाया गया, इतने में सुश्री मेरी के साथ वे आ गयीं
!!
न...नमस्कार
ओसोने गेंसुके हूँ, जापान से आया हूँ

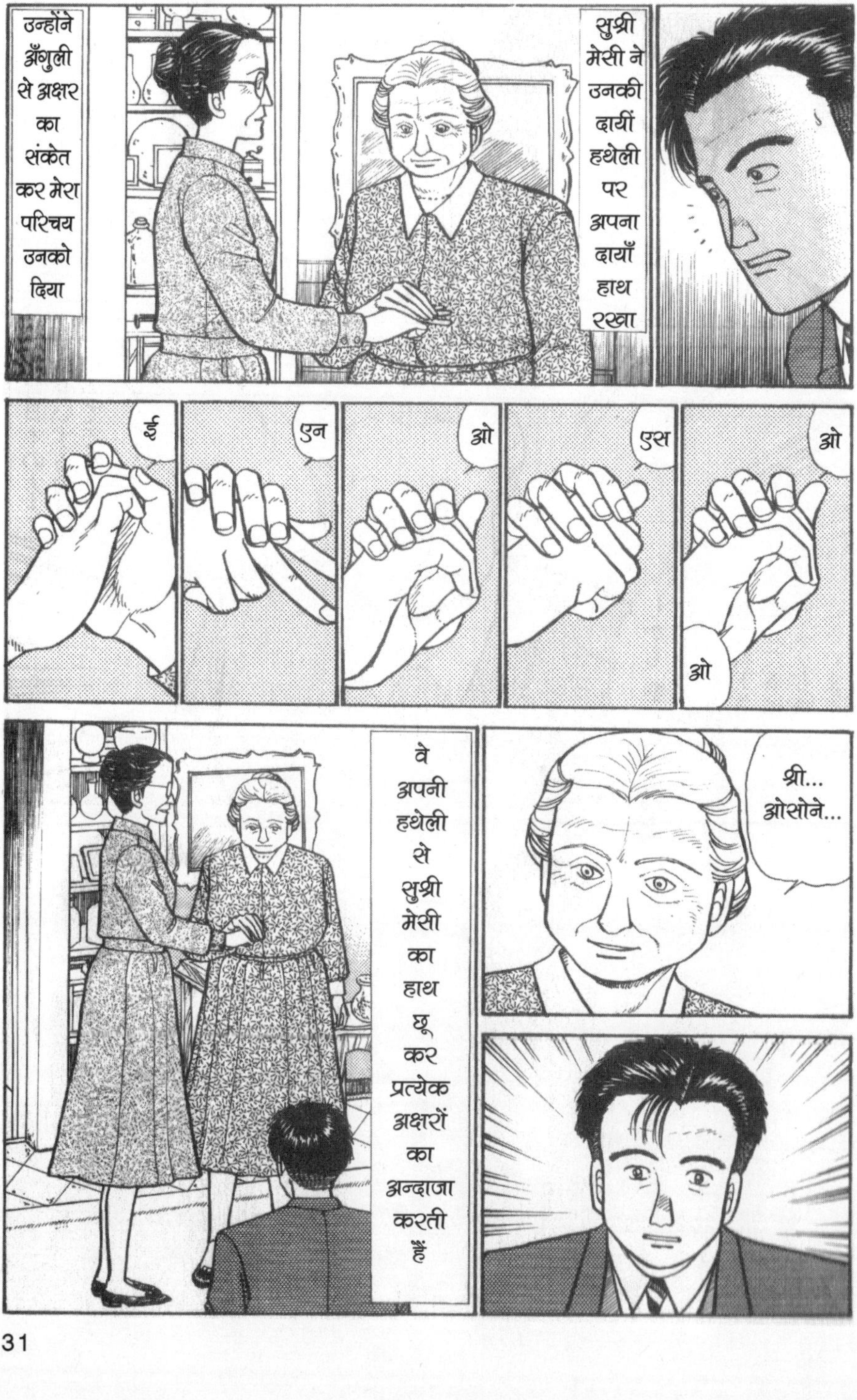
सुश्री मेसी ने उनकी दायीं हथेली पर अपना दायाँ हाथ रखा
उन्होंने अँगुली से अक्षर का संकेत कर मेरा परिचय उनको दिया
ओ
ओ
एस
ओ
एन
ई
श्री... ओसोने...
वे अपनी हथेली से सुश्री मेसी का हाथ छू कर प्रत्येक अक्षरों का अन्दाजा करती हैं

श्री ओसोने
आपका स्वागत है
मैं पहली बार किसी जापानी से मिली
आप बधिर-मूक शिक्षा पर काम करते हैं, आपसे मिलकर मुझे बहुत खुशी हुई
मैं हैरान हो गया
उनका अँग्रेजी का उच्चारण एकदम स्पष्ट था
मैंने उनकी हथेली पर संकेत किया
वे सचमुच महान हैं जिन्होंने अन्धता, बधिरता और मूकता को जीत लिया था

मैंने...
रोचेस्टर बधिर स्कूल में...
अँगुली का अक्षर...
सीख लिया...
दुभाषिए के बिना आप से
बात करना चाहता था
अरे श्री ओसोने
धन्यवाद
ऐसे किसी ने नहीं किया
धन्यवाद धन्यवाद
इधर बैठिए
आज दिन भर हम आराम से बात करेंगे
जी!!
आभारी हूँ

मैंने करीब से उनको देखा, स्वस्थ, उन्मुक्त और शालीन महिला थीं
अन्धी हैं परन्तु उनकी बड़ी और सुन्दर आँखें हैं
मैंने उनकी हथेली में अँगुली के अक्षर के माध्यम से बात की
मैंने पूछा कि उन्होंने किस तरह भाषा को अपनाया था
आज मैं उनकी कृपा से यहाँ हूँ
मेरी गुरु मैडम सुलिवान की कृपा से
मैं अन्धी, बधिर और मूक हूँ, मैडम ने मेरा मार्गदर्शन किया
सख्ती से, धैर्य और प्यार के साथ

5 अप्रैल, 1887 को मैं 7 साल की होने वाली थी
उस दिन को मैं कभी नहीं भूल सकती
मैंने सबसे पहले अँगुली का अक्षर ज्ञान सीखा...
मैडम सुलिवान मुझे चीजों को पकड़ा कर मेरी हथेली पर अँगुलियों के अक्षर में संकेत देती थी...उन्होंने बार-बार बता कर मुझे शब्दों को सिखाने का प्रयास किया
उस समय मुझे गुड़िया, मग, कुत्ता, टोपी आदि 18 संज्ञाएँ और 3 क्रियाएँ मालूम थीं
मैडम सुलिवान ने इन दोनों का नाम मेरी हथेली पर लिखा, पर मैंने "पीना" के इशारे द्वारा जवाब दिया
खास कर मैं मग और दूध के फर्क को समझ नहीं पा रही थी
परन्तु मुझे समझ में नहीं आ रहा था कि इन सभी चीजों का एक नाम होता है

उस सुबह... जब मैं मुँह धो रही थी तब मैंने अपनी हथेली को छूने वाली चीज का नाम जानना चाहा
"मग" और "दूध" दोनों से मेरा मतलब "पीना" ही था
अ
अ
जब भी मुझे किसी चीज का नाम पता करना हो तो मैडम का हाथ स्पर्श किया करता था
गिलास पकड़कर पानी के नल के नीचे रखकर मैं वहीं खड़ी हो गयी
अचानक मैडम कुएँ के पास मुझे ले आयीं

फर्र
खच खच
ठंडा पानी गिलास में भर गया और मैडम ने मेरी हथेली पर "पानी" लिखा
पा...नी...

मैं स्तब्ध होकर वहीं खड़ी रही
छपाक
मेरी अँगुलियाँ बार-बार "पानी" का संकेत कर रही थीं
गला काँप रहा था... मानो ऐसा लगा शरीर में बिजली कौंध गयी है
आर...
टी...
डब्ल्यू...
ई...
ए...

उसी वक्त मुझे पता चला कि चीजों का नाम होता है...
उसे अँगुलियों के अक्षर के माध्यम से बताया जाता है...और अँगुलियों का अक्षर मेरी जिज्ञासा को पूरा करने वाला होता है
मैंने मैडम की ओर देखकर उनसे इशारा कर पूछा
मैडम ने मेरी हथेली पर "शिक्षिका" का संकेत किया
मैं बहुत उत्साहित थी और घर वापस जाने के रास्ते में हाथ में छूने वाली सभी चीजों के नामों को याद करती गयी
दरवाजा, खुलना, बन्द, देना, जाना, आना...
इस प्रकार से मेरा रास्ता भाषा की ओर खुल गया

उस दिन के बारे में कभी नहीं भूल सकती
उस रात मैं बहुत खुश थी
मैडम सुलिवान को उसके बिस्तर पर पहली बार मैंने चूमा
चाय का समय हो गया है
बहुत बातें हो रही हैं
वे...बीमार हो गयी हैं
उन्होंने लम्बे समय से दूसरी मंजिल पर बिस्तर पकड़ रखा है
मैडम सुलिवान कहाँ हैं...?
मैडम सुलिवान को भी चाय देती हूँ

उस समय... मैं 6 साल की थी और मैडम 21 की
मैं अब 49 वर्ष की हो रही हूँ...
दोपहर हो गयी
उनकी ओर से सुस्वादु भोजन दिया गया
खैर श्री ओसोने
जापान में अँगुलियों का अक्षर ज्ञान मिलता है?
जी...ज्यादा प्रचलित नहीं है
पर है...
बधिर-मूक शिक्षा में अँगुलियों के अक्षर ज्ञान की जरूरत है
मेरे जैसे अन्धे लोगों के लिए भी...

मैंने जापान के वातानाबे प्रणाली में अँगुलियों का अक्षर ज्ञान प्रस्तुत किया
अ इ उ...
उन्होंने मेरे हाथ छूकर समझने का प्रयास किया
क
अ
उ
ओ
ए
इ
वातानाबे प्रणाली में अँगुलियों का अक्षर
समझ गयी...
परन्तु बाजुओं का चलन बहुत ज्यादा है, हम अन्धों के लिए वह ज्यादा सुविधाजनक नहीं है
समय भी लगता है
मुझे भी ऐसा लगा था
5 अँगुलियों से प्रस्तुत वर्णमाला वाला अँगुलियों का अक्षर ज्ञान ज्यादा सुविधाजनक है
हमें इसमें संशोधन करना होगा

मैं वादा करता हूँ
जापान वापस जाने के बाद इस देश की अँगुलियों के अक्षर ज्ञान के आधार पर
बधिर और अन्ध दोनों के लिए सुविधाजनक अँगुलियों के अक्षर ज्ञान की स्थापना करूँगा!!
जरूर
जापान में अँगुलियों के अक्षर ज्ञान का प्रसार होगा तो कितना अच्छा होगा
जापान वापस जाने के बाद अपने छात्र-छात्राओं को बताएँ कि
मैं बधिर अन्धों की असुविधा की सोच में उदास नहीं रहती

सभी तरह से भाग्य के प्रति कृतज्ञ हूँ और ईश्वर की सेवा करने में मुझे खुशी है
सारी दुनिया को एक दूसरे के साथ सहृदयता से जुड़ना चाहिए
भौं भौंभौं
वह उनका प्यारा कुत्ता जीग्लिंड है जिसका उनकी पुस्तकों में जिक्र आता है
वह बछड़े जितना बड़ा कुत्ता मैडम के पास बैठ कर उनसे प्यार चाहता है और वे स्नेहपूर्ण ढंग से उसे सहलाती हैं
उन्होंने बहुत आराम से पुराने मित्र की तरह मेरा स्वागत किया

अब विदा करने का समय आ गया
उन्होंने बार-बार मुझे रोका
मुझे इस महान शख़्सियत का ज्यादा समय नहीं लेना चाहिए, सोचकर मैंने आख़िरी बार हाथ मिलाया
उन्होंने मुझे स्मृति के रूप में अपनी पुस्तक "मिड्स्ट्रीम" भेंट की
सुश्री मेसी के साथ वे मेरे लिए प्रवेश-द्वार तक आयीं
भौं भौंभौं

फॉरेस्ट हिल्स के मोहल्ले में सूर्यास्त की लालिमा छा रही थी
दूर क्षितिज पर बचा हुआ उजाला धुँधला सा दिख रहा था
पीछे मुड़कर देखा कि उनके घर की दूसरी मंजिल के कमरे में रोशनी थी
उस कमरे में मैडम सुलिवान बिस्तर पर थीं
जिन्होंने 40 साल तक हेलेन केलर की शिक्षा के लिए अपना जीवन समर्पित किया था

मैंने अपनी सम्पूर्ण संवेदनाओं के साथ दूसरी मंजिल के कमरे की रोशनी की ओर प्रार्थना की

उसके बाद मैं अमरीका में कई स्थानों पर गया और मैंने संयोग प्रणाली पर शोध किया

अगले वर्ष 12 मार्च 1930 को जापान वापस आया
यह लगभग एक साल की अमरीक यात्रा थी

सुश्री हेलेन केलर से किये गये वायदे की पूर्ति करने के लिए
मैंने अन्य अध्यापकों के साथ अँगुलियों के अक्षर ज्ञान का संशोधन शुरू किया

"अ क स त न ह म य र व" के व्यंजनों के लिए भी अँग्रेजी शब्दाक्षरों का प्रयोग किया गया
"अ इ उ ए ओ" के स्वरों के लिए अँग्रेजी शब्दाक्षरों का प्रयोग किया
इस प्रकार के प्रयास के साथ अँगुलियों के अक्षरों को 46 बनाया और 1931 में इसकी घोषणा की
"कि" के लिए "कित्सुने (लोमड़ी)" का आकार बनाया
"कु" के लिए "9" संख्या का संकेत दिया
बधिर बच्चों को वाक्य सिखाते समय उसका प्रयोग किया जाने लगा
अँगुलियों के अक्षरों के माध्यम से उन नामों और विदेशी शब्दों को सरलता से समझाया जा सकता था जिनको सांकेतिक भाषा में बताना मुश्किल है

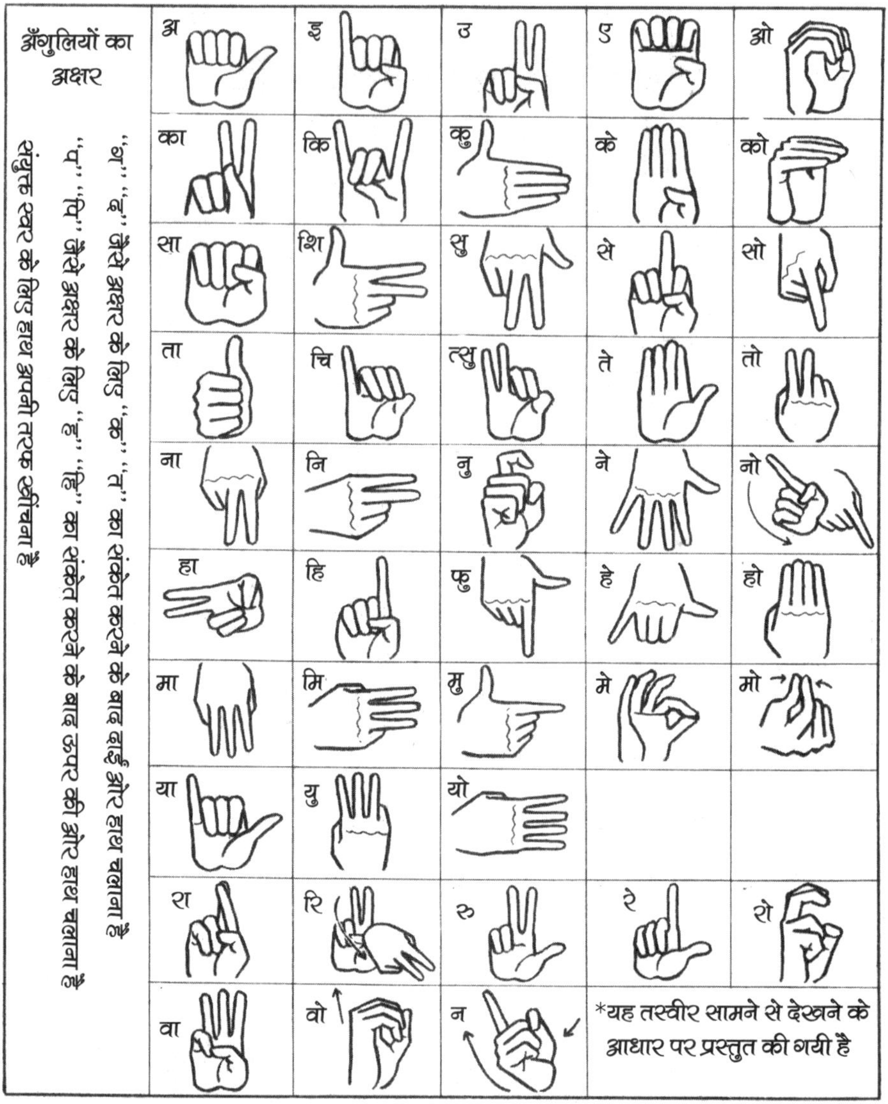

ओसोने प्रणाली में अँगुलियों का अक्षर ज्ञान प्रस्तुत है। आज भी बधिर, मूक, अन्धा, सांकेतिक भाषा के दुभाषिए और सांकेतिक भाषा सीखने वालों में यह प्रणाली बहुत प्रचलित है। आज से 60 साल पहले श्री ओसोने गेंसुके ने सुश्री हेलेन केलर से जो वादा किया था, उसी के आधार पर यह ऐतिहासिक कार्य सम्पन्न हुआ है।

अध्याय बत्तीस : योरिको

जी, तस्वीर तो देखी
आपको भी तो पता है शूको और प्रधानाचार्य के बारे में
फुकुदा सर...
मैं बेहद थक गयी...
बिलकुल!
वह अत्यधिक सुन्दर हैं, साहब के लिए कुछ ज्यादा ही उपयुक्त है
बिलकुल ही!
बच्चे के बारे में सोचते होंगे
लेकिन समझ में नहीं आता उन दोनों का
उनके पास बच्चा है ना
शायद वे उसी के कारण कुछ निर्णय नहीं ले पाते
महीनों तक चुप रहते हैं

वह तो कोई बात नहीं
बच्चा शूको की माँ के पास भी रह सकता है
क्या शूको ऐसा मानेगी
बच्चा छोड़कर ताकाहाशि सर से शादी कर सकेगी?
यह तो...
ऐसा शूको भी नहीं चाहती होगी
शायद ताकाहाशि सर को उसी की चिन्ता है
यह शादी सिर्फ दोनों की ही समस्या नहीं...
बल्कि सोचते होंगे कि वे उसके पिता बन पायेंगे या नहीं...

ऐसे बच्चे जिससे उनका कोई खून का रिश्ता नहीं है, क्या उसे वे प्यार कर पायेंगे...
जब साहब मानसिक तौर पर तैयार होंगे तब शूको से मिलेंगे
ही ही ही वाह
अभी तक खेल रहे हो?
अब घर जाओ
माता-पिता चिन्ता करते होंगे

नमस्कार सर
ध्यान से जाना
ही ही ही
わあ…
あはは
सुनिए...
んぎゃあ
おんぎゃあ
ऐं ऐं ऐं
んぎゃ…
ऐं ऐं
んぎゃあ
んぎゃあ
इस स्कूल में सर हैं क्या...
जी हाँ...
ऐं
おんぎゃあ
...बात करना चाहती हूँ...

बच्चा पेशाब कर रहा है
ऐं
हॉस्टल में बात करते हैं
बच्चे के लिए यह कपड़ा लीजिए
क्षमा कीजिए
आपको परेशान किया
रोओ मत
ऐं
ऐं
ऐं
अभी साफ करती हूँ

वह बच्चा सामान्य नहीं है
शायद उसकी आँखों में रोशनी नहीं है?
हाँ...मैं जानता हूँ
शायद कोई परेशानी होगी
ऐं ऐं
अरे नहीं रोना
अब बताइए
जी...
सर... बधिर-मूक स्कूल की...
पढ़ाई के लिए क्या बहुत पैसे खर्च होंगे...
हमारा स्कूल सरकारी है, और स्कूलों से कम खर्च होगा
अगर आपका घर दूर है तो आने जाने का खर्चा भी आपको वहन करना होगा

ज्यादा दूर रहने वाले बच्चों के लिए छात्रावास भी है, चिन्ता न करें
परन्तु मुझे लगता है कि
आपके बच्चे की आँखों में समस्या है?
जी...
खेद है यह स्कूल अन्धों का नहीं है...
आपने बधिर स्कूल को अन्ध स्कूल गलत समझा है
अन्ध स्कूल से मैं बात करता हूँ, पर अभी बहुत जल्दी होगी
बच्चा और बड़ा होने के बाद...

सर...मेरे घर में बधिर-मूक बच्चे भी हैं...
दो बच्चे...
शादी होते ही बच्चे हुए
जुड़वाँ थे, दोनों बच्चे बधिर-मूक
जब तक हम जिन्दा हैं, हम उनकी देखभाल करेंगे
पर हमारे मरने के बाद उनका क्या होगा...
छोटे भाई या बहन हों तो उनकी देखभाल भी कर सकते हैं...
भगवान की कृपा से यह बच्चा मिला
इस पर भी दो बच्चे और बधिर-मूक...
और यह बच्चा अन्धा...

सर...मेरा आदमी मजदूर है
दोनों बच्चों के स्कूल जाने की उम्र हो रही है
मैं बेचैन हो कर पूछने आयी हूँ...
बच्चे की माँ ने बातों को बिना आँसू बहाये बताया
हम सब हैरान और अवाक् थे
एक सेविका बच्चे के लिए बिस्कुट ले आयी
बच्चे ने दो बिस्कुट पकड़े और खाने लगा, हालाँकि उसे बिलकुल नहीं दिखाई देता फिर भी उसने चाट कर उन्हें मुँह में रख लिया
बच्चे की भोली मुस्कान देखकर सेविका ने अपने आँसू पोंछ लिए

आप तो बड़ी मुसीबत में हैं
मैं केवल ऊपरी सहानुभूति नहीं दिखा रहा
आप किसी तरह उन्हें स्कूल भेजने की कोशिश करें
वे पढ़ाई करेंगे तो खुद की आजीविका चला सकेंगे, भले ही माता-पिता की सेवा न भी कर पाएँ
खुद की आजीविका चला पायेंगे...?
इस स्कूल में रोजगार का प्रशिक्षण दिया जाता है, वे किसी भी काम को सीख सकते हैं
सर...क्या आप सच कह रहे हैं...!?
यह तो हम सपने में भी नहीं सोचते कि हमें उन बच्चों की सेवा मिले
हम तो सिर्फ यह चाहते हैं कि बच्चे खुद की आजीविका चला सकें

शरीर में कमजोरी के बावजूद बच्चा सम्पन्न जीवन जी सकता है
सर बिलकुल ठीक कह रहे हैं, आप आशा नहीं छोड़िए
हाँ हाँ सचमुच, अकेला जी सकते हैं
आपका अन्धा बच्चा भी ऐसे ही जिएगा
क्या यह सच है...
सचमुच ये बच्चे...
वह फर्श पर सिर रख कर रोने लगी
तब अचानक माँ की आँखों में आँसुओं का सागर उमड़ आया

मैंने उसे छात्रावास दिखाया
सभी माताएँ अपने बच्चों के भविष्य की चिन्ता करती हुई इस स्कूल में पहुँचती हैं
फिर यह देखकर कि उनके बच्चे जैसे बधिर बच्चे यहाँ खुशी से सांकेतिक भाषा में बात करते हैं, उन्हें आशा की किरण दिखाई देने लगती है
मैं सोचती थी कि मेरे आँसू सूख चुके हैं
परन्तु अभी तक कितने आँसू बचे थे

मुझे और मेरे पति को चाहे पेड़ की जड़ें और नमक ही क्यों न खाना पड़े...
पर मैं...बच्चों को जरूर स्कूल भेजूँगी
ऐसा कहकर माँ के चेहरे पर लम्बे समय बाद मुस्कान खिल गयी
हम गेट पर खड़े होकर जाते हुए माँ और बच्चे को देखते रहे
अनमोल है
माता-पिता सचमुच
अनमोल होते हैं

मैं शूको
की तस्वीर
वापस दे
रहा हूँ
अच्छा...
मुझे दुख
है कि
नहीं...
नहीं...
मेरा मतलब
है तस्वीर
देखने
से ही कुछ
नहीं होता
अगर वे मुझे
मिलने योग्य
समझें तो मैं
उनसे मिलना
चाहता हूँ
!!
यह बात
ओता शूको
जी को
बता
दीजिए

सर...
क्षमा करें कि मुझे इस निर्णय में काफी समय लगा
सर...!!
उन दोनों को देखकर मुझे उन दिनों की याद आ गयी
संयोग की बात है कि
कल स्कूल में एक माँ और बच्चा आये
जब मैंने बधिर शिक्षा को अपना जीवन समर्पित करने का संकल्प लिया था...
तब मैंनें बच्चों का भाई बनना चाहा था
और अब मैंने पिता बनना चाहा

सर क्या आपने शादी का निर्णय कर लिया...
हाँ, परन्तु नहीं पता कि शूको जी का मेरे बारे में क्या विचार है
तब शायद जवानी के जोश में ऐसा सोचा होगा
आपको अपने ऊपर भरोसा है?
न...न... औरत के बारे में नहीं
अरे...
हा हा हा

वह सुन्दर महिला कौन है?
क्यों?
मेहमान हैं
प्रधानाचार्य की विशेष मेहमान हैं
बच्चे तुम हेडमास्टर के कमरे में नहीं जा सकते
नहीं
आ
आ
आ
आ... आ...
सुनिए
क्षमा कीजिएगा, आपको ऐसी जगह पर बुलाया

नहीं...मैं तो इसी स्कूल की शिक्षिका बनना चाहती थी
मैंने ही फुजिइ मैडम से यहीं मिलवाने के लिए कहा था
हाँ, पहले फुजिइ मैडम आपकी नौकरी की बात कर रही थीं
फिर वे दूसरी बात करने लगीं...
अच्छा...
सुना है, आपकी बेटी है...
जी हाँ, वह बहुत नटखट है परन्तु वही मेरा जीवन है
दरअसल पूर्व पति से तलाक होने के बाद ही मुझे गर्भावस्था का पता चला
जानते हुए भी कि कोई उसका स्वागत नहीं करेगा, मैंने बेटी को जन्म दिया

मैं हर तरह से साबित करना चाहती हूँ कि मैंने अच्छा किया
और बच्चे को भी ऐसा लगे कि उसका इस दुनिया में जन्म लेना सार्थक हुआ
बच्चे का नाम क्या है?
जी, योरिको... नाम है
चीनी भाषा में उसका अर्थ है मानव और पोशाक
योरिको
अच्छा नाम है...

शूको के भावी पति ताकाहाशि जी बच्चे योरिको से मिलना चाहते हैं
और मुझे काम के लिए जाना है
ओमिने, तुम समझ गयी ना
अरे, योरिको आ गयी
ताकाहाशि जी दयालु हैं, कहते हैं कि योरिको को समझ आने तक उसे यही बताया जायेगा
जी
योरिको से तुम उन्हें असली पिता के रूप में मिलाना

खटर
खटर
खटर
नये जूते बहुत बड़े हैं
दादा जी
हमें साढ़े तीन बजे कुसात्सु स्टेशन पर मिलना था
उसे कोई रिश्तेदार वहाँ ले आया
जब मैंने हाथ हिलाया, तब वह एकदम रुक गयी

बहुत विनम्रता से अभिनन्दन किया
अरे अभी नहीं करना है
आपको तकलीफ दी
नहीं नहीं...
अरे योरिको तो बहुत बड़ी हो गयी है
क्या पापा हैं...?
हाँ मैं तुम्हारा पापा हूँ
तब योरिको बहुत छोटी थी, तुम्हें तो याद नहीं होगी
ओसाका के स्कूल में जाना है?
हाँ, तुम्हारी माँ भी इसी इन्तजार में हैं
हम तुम्हें स्कूल का बैग खरीद देंगे

स्कूल का बैग क्या होता है?
वह पुस्तकों के लिए एक थैला है
मेरे पास आओ
अरे तुम तो बहुत बड़ी हो गयी हो
बहुत प्यारी बच्ची है मेरी

अध्याय तैंतीस : ओ.आर.ए. प्रणाली

उद्घाटन समारोह में इंपीरियल घरेलू मंत्री, गृह मंत्री, शिक्षा मंत्री आदि ने शुभकामनाएँ दीं
यह संघ निशिकावा, कावामोतो और हाशिमुरा द्वारा पहले ही से स्थापित ''जापान बधिर मौखिक प्रणाली उन्नति संघ'' का विकसित रूप था
इस प्रकार मौखिक प्रणाली शिक्षा राजनीतिक समाज द्वारा भी स्वीकारी गयी और विकसित हुई
उसी वर्ष, ओसाका शहर, मिनामी तानाबे
高橋潔
हा हा हा

*ताकाहाशि कियोशि

बधिर बच्चों द्वारा मौखिक प्रशिक्षण की प्रस्तुति, गृह मंत्री श्री सुजुकि की आँखों में आँसू
बधिर शिक्षा उन्नति संघ

लेकिन आपने कहा कि 10 बच्चों में से केवल 3 ही मौखिक प्रशिक्षण को अपना सकते हैं?
जो जन्म से बधिर नहीं या जिन्हें थोड़ा बहुत सुनाई देता हो...
अगर ऐसा है तो बाकी 7 लोगों का क्या होगा...?
शिक्षा मंत्रालय भी सांकेतिक भाषा को मना तो नहीं करेंगे
परन्तु मौखिक प्रणाली के पक्षधरों में सांकेतिक भाषा का बहिष्कार हुआ है
तो वे 7 लोग मौखिक प्रशिक्षण को नहीं अपना सकते और सांकेतिक भाषा का भी प्रयोग नहीं कर सकते...
पापा...
कोई अजनबी आये हुए हैं

प्रधानाचार्य साहब
मैं फुजिइ तोयोओ अभी आया हूँ
अरे फुजिइ!! चिन्ता कर रहा था
सर!!
क्षमा कीजिएगा
क्या हुआ था
पेरिस से चलने के बाद कोई खबर नहीं मिली
जी...उसके बाद जर्मनी, बेरलीन, चेफ्क, डेन्मार्क गया था
हा हा हा
पैसा खत्म होने के कारण दिन में भोजन भी एक बार किया
ठक
कैसे हो... तुम

क्षमा कीजिए सर...
एक कटोरी चावल मिलेगा
चपड़
चपड़
चपड़
चपड़
चपड़
गाय की तरह भोजन निगलो मत
जी
चपड़
चपड़
ठीक से चबा लो
वापसी का इन्तजाम कैसे किया?
फिर से पेरिस गये थे...?
नहीं...मॉस्को पास में था तो
साइबेरिया हो कर वापस आया हूँ
पास में...

ओसाका बधिर-मूक स्कूल में निजी शिक्षा प्रणाली स्थापित करने का प्रयास हो रहा था
फुजिइ ने पाश्चात्य देशों की और ओसोने ने अमरीका की बधिर शिक्षा पर अनुसन्धान किया, उन दोनों की रिपोर्ट के आधार पर
अब...हम निष्कर्ष यह निकलते हैं
फुजिइ की रिपोर्ट के अनुसार...
पाश्चात्य देशों में अमरीका से पहले मौखिक प्रणाली का प्रसार हुआ और स्कूलों में सांकेतिक भाषा का बहिष्कार भी वहीं हुआ

इसका मतलब है कि स्कूल से सांकेतिक भाषा का बहिष्कार सम्भव है
परन्तु बधिरों से सांकेतिक भाषा को छीन लेना सम्भव नहीं है
मौखिक प्रणाली के स्कूलों के छात्रों ने उत्तीर्ण होने के बाद कई जगहों पर बधिर-मूक संगठन की स्थापना की
वहाँ वे लोग सांकेतिक भाषा का प्रयोग करते हैं
हालाँकि स्कूलों में जो बच्चे जन्म से बधिर नहीं हैं, उनकी संख्या भी मौखिक प्रशिक्षण अपनाने की क्षमता से युक्त बच्चों की संख्या के समान है
स्कूलों में वास्तविक रूप से 30 प्रतिशत लोग ही मौखिक प्रशिक्षण को अपना सकते हैं
उन 30 प्रतिशत बच्चों के नीचे दबे हुए वास्तविक बधिर बच्चों को हमें नहीं भूलना चाहिए
नीरस, बेजान और कठिन प्रशिक्षण को बार-बार झेलना पड़ रहा है

डेन्मार्क और रूस में ऐसे मौखिक प्रशिक्षण में संशोधन किया जा रहा है
सांकेतिक भाषा को पुनः स्वीकार कर मौखिक प्रणाली के साथ प्रयोग में लाया जाता है
ओसोने सांकेतिक भाषा और मौखिक प्रशिक्षण के संयोग के बारे में बात करेंगे
अमरीका में भी पाश्चात्य देशों की ही तरह मौखिक प्रणाली का प्रचलन हुआ
मौखिक प्रणाली का प्रचलन अधिक है परन्तु 25 प्रतिशत स्कूलों में सांकेतिक भाषा का भी प्रयोग किया जाता है
जी

अमरीका में ई.एम. ग्यालोडेट ने संयोग प्रणाली की स्थापना की
1860 के दशक में
उस समय अमरीका में सांकेतिक भाषा का प्रचलन अधिक था, परन्तु उन्होंने पाश्चात्य देशों में मौखिक प्रशिक्षण का अनुसन्धान किया
परन्तु वे मौखिक प्रणाली की अवधारणा से पूरी तरह सहमत नहीं थे
जो बधिर उच्चारण के प्रशिक्षण का लाभ उठा सकते हैं उन्हें बचाना जरूरी था इसलिए उन्होंने मौखिक प्रणाली अपनाई
मौखिक प्रणाली के पक्षधर लोग ''बधिर'' को असामान्य मानते थे
और बधिरों को मौखिक प्रशिक्षण के माध्यम से ''बोलने वाले व्यक्ति'' यानी सामान्य व्यक्ति में परिवर्तित करते थे

परन्तु वास्तव में ऐसे बच्चे भी थे, जो उच्चारण के प्रशिक्षण को नहीं अपना सकते थे
उन्होंने सोचा कि सांकेतिक भाषा और अँगुलियों के अक्षर ज्ञान को नकारने का अर्थ है शिक्षा को ही नकारना
वे सांकेतिक भाषा प्रणाली के पक्षधर थे
इसलिए जो छात्र मौखिक प्रशिक्षण को नहीं अपना सकते, वे उन बच्चों को हीनता की दृष्टि से कभी नहीं देखते थे
ग्यालोडेट ने सांकेतिक भाषा प्रणाली की स्वस्थ अवधारणा के आधार पर
मौखिक प्रशिक्षण जैसी नयी प्रणाली को जोड़ कर, संयोग प्रणाली का आविष्कार किया

जापान की बधिर शिक्षा में पहले सांकेतिक भाषा का ही प्रयोग होता था
किन्तु यह आलोचना भी होती थी कि यह पाश्चात्य देशों से 50 साल पीछे है
इस आलोचना को हमें स्वीकारना चाहिए
अब हमारे देश में मौखिक प्रणाली को ही सर्वोपरि मानने वाला युग आ रहा है
परन्तु इन दोनों की रिपोर्टों से भी स्पष्ट है कि केवल मौखिक प्रणाली को अपनाने से नुकसान होता है
सांकेतिक भाषा को नकारकर केवल मौखिक प्रणाली को अपनाना स्वयं बधिर-मूकों को नकारने के बराबर है

चाहे हमारा स्कूल बधिर शिक्षा की दुनिया में अकेला क्यों न पड़ जाये
पर हम उस रास्ते पर नहीं चलेंगे

अमेरिका में सांकेतिक भाषा और मौखिक प्रणाली का संयोग हुआ
पाश्चात्य देशों में प्रत्येक छात्र के अनुकूल शिक्षा प्रविधि को अपनाया गया

*जापानी भाषा में ''ओसाका बधिर-मूक विद्यालय'' को "Osaka Ro A Gakko" कहा जाता है। इसलिए ORA प्रणाली का नाम दिया गया है।

छात्रों को उनकी योग्यता के अनुसार 'ए' 'बी' 'सी' -तीन समूहों में बाँटा जायेगा
समूह 'ए' में मौखिक प्रशिक्षण, समूह 'बी' में मौखिक प्रशिक्षण के साथ सांकेतिक भाषा एवं अँगुलियों के अक्षर ज्ञान और समूह 'सी' में सांकेतिक भाषा एवं अँगुलियों के अक्षर ज्ञान की कक्षा होगी
हम एक भी बच्चा नहीं छोड़ेंगे, प्रत्येक बच्चे के अनुकूल शिक्षा प्रदान करेंगे

शू यू
पापा
अरे
योरिको तुम
मुझे लेने
आयी हो
कितने
तक संख्या
गिन ली?
पाँच
क्या तुम
माँ के साथ
नहा चुकी
हो?
अभी
नहीं

माँ बीमार है, सो रही थीं
छोड़ो छोड़ो, तुम लेट जाओ
मैं योरिको को नहलाने ले जाऊँगा
बीमार कहाँ हूँ
शायद खून की कमी होगी, जरा चक्कर आ गया था
क्या हुआ जल्दी तैयार हो जाओ
नहीं
पापा के साथ नहीं जाऊँगी
नहीं
मजा आया ना, योरिको
अब तो पापा के साथ नहाने जाओगी

योरिको...
क्यों नहीं जाओगी?
नहीं
नहीं
कारण तो बताओ!
पापा के साथ जाने में
शर्म आती है...
पापा तो टब के पानी में जाकर...
हाथों को बार-बार खोलते हैं और बन्द करते हैं...
हाथों को...?
आप बड़े हैं पर बच्चों जैसा व्यवहार करते हैं...
हा हा हा
तो तुम्हें वह ठीक नहीं लगा

खटर
खटर
योरिको... ध्यान से सुनो
पापा स्कूल में लोगों के साथ किस तरह बात करते हैं... तुमको पता है ना?
इशारा...
शाबाश तुम्हें पता है
वे टब के गरम पानी में हाथों का व्यायाम कर उन्हें नरम करते हैं ताकि वे सुन्दर इशारे कर सकें
भाषा में भी सुन्दर असुन्दर का फर्क होता है

आपके पापा दूसरे बच्चों के पापा से भिन्न हैं, इसलिए शर्म की कोई बात नहीं
जैसे गायक मधुर ध्वनि निकालने का अभ्यास करता है, ठीक वैसे ही पापा भी वही करते हैं, समझ गयी?
क्या हम नहाने के बाद मिठाई खरीद कर लाएँ
योरिको
पापा के स्कूल में आज एक बहुत खास बात हुई
कैसी?
माँ के साथ हम तीनों जश्न मनाएँगे
किस बात का जश्न?

आज स्कूल में सब के साथ एक महत्त्वपूर्ण मुद्दे पर बात हुई
योरिको के लिए उसे समझना मुश्किल होगा
निश्चय करने के बाद यह साहस आया
और मैंने निश्चय किया
बिलकुल नहीं
नहीं समझ पाओगी...

पर पापा खुश हैं
जल्दी नहाने चलो
मिठाई
मिठाई
हा हा हा
मिठाई
मिठाई

इस प्रकार ओसाका बधिर-मूक विद्यालय ने ओ.आर.ए. प्रणाली को स्थापित किया और मौखिक प्रशिक्षण, सांकेतिक भाषा एवं अँगुलियों के अक्षर ज्ञान के प्रयोग के साथ अनुकूल शिक्षा प्रणाली की घोषणा की गयी
1932

परन्तु बधिर शिक्षा की दुनिया में मौखिक प्रणाली को ही सर्वोपरि माना गया और सांकेतिक भाषा का बहिष्कार शुरू हो गया
देश भर के बधिर-मूक स्कूलों में मौखिक प्रशिक्षण की कक्षाएँ बढ़ने लगीं और सांकेतिक भाषा की कक्षा को खत्म किया जाने लगा

ग्रन्थसूची

महत्त्वपूर्ण सहायक ग्रन्थ

"शिकोत्सु" कावाबुचि योरिको (शिन्शोसेत्सुशा)

"शुवा व कोकोरो" कावाबुचि योरिको (ज़ेननिहोन रोआ रेन्मेइ)

सहायक ग्रन्थ

"क्योतो मोअइन नो काइको तो किशुकुशा"–ओकामोतो इनेमारु

"क्योतोफु मोरोक्योइकु ह्यकनेंशि"–मोरोक्योइकु कइगकु ह्यकुशूनेन किनेंजिग्यो जिक्कोइइंकइ

"ओसाकाशिरित्सु रोगक्को 70नेन्शि"–ओसाकाशिरित्सु रोगक्को

"कोवाक्योइकु नो चिचि निशिकावा किचिनोसुके देन"–ताकायामा हिरोफुसा (शोनान शुप्पन्शा)

"रोगेन्गोक्योइकु शिंको"–कावामोतो उनोसुके (कावामोतो कोवाशोकइ)

"रोक्योइकु ह्यकनेन नो अयुमि"–चोकाकुशोगइशा क्योइकु फुकुशि क्योकइ

"निशिकावा किचिनोसुके, हामाको शि नो ग्योसेकि नो कोंनिचितेकिह्योका"–शिगा दाइगकु क्योइकुगकुबु तोकुशुक्योइकु केंक्यूशित्सु

"मिंज़ोकुसबेत्सु तो रोअशा नो हिगेकि"–इतो मासाओ (निहोन चोर्योकुशोगइ शिंबुन शुकुसत्सुबन)

"चिअंइजिहो तो तोक्कोकेइसत्सु"–मात्सुओका हिरोशि (क्योइकुशा)

"अशिता वो हिराकु"–इतो शोसुके (ज़ेननिहोन रोअरेन्मेइ)

"19सेकि अमेरिका रोक्योइकु होहोशि नो केंक्यू"–उएनो मसुओ (काज़ामा शोबो)

"हेलेन केलर वा दो क्योइकु सारेताका"–सुलिवान, अनुवाद : माकि क्योको (मेजितोशो)

"शिगाकेंरित्सु रोवागक्को सोरित्सु 40 शूनेंशि"–शिगाकेंरित्सु रोवागक्को

"फुजिइ तोयोओ रोन्बुन्शू"–फुजिइ तोयोओ

"कोएनाकिउता"–ताकाहाशि कियोशि

"संग्यो शिंशुत्सु किनेंगो"–ओसाकाशिरित्सु रोगक्को

"निशिकावा हामाको शू"–निशिकावा हामाको (रोक्योइकु कागाकुकइ)

"किकन रोअउंदो"–ज़ेननिहोन रोअरेन्मेइ

"रो नो को वो सोदातेरु"–डोरिस नाईमन, अनुवाद : वातानाबे योशिहिको (ज़ेननिहोन रोअरेन्मेइ)

उपर्युक्त ग्रन्थों से सहायता और उद्धरण लिये गये हैं। सुश्री कावाबुचि योरिको, श्री नागाइ तेत्सु और श्री मोरिमोतो युकिओ से पर्याप्त सामग्री मिली, ओसाकाशिरित्सु रोगक्को (ओसाका बधिर विद्यालय) से चित्रों की अनुकृति मिली है।

सभी का बहुत धन्यवाद।

अध्याय चौंतीस : तोक्यो की ओर

वे लोग
बात नहीं कर सकते
क्योंकि वे इशारे का प्रयोग करते हैं
उनके पास मत जाना
तुम इशारे का प्रयोग करने लगोगे, तुम्हें बात करना नहीं आयेगा
तुम्हारा दिमाग भी कमजोर हो जायेगा, इसलिए उनके पास मत जाना
1932
देश भर के अनेक स्कूलों ने एक साथ सांकेतिक भाषा प्रणाली को छोड़ा और मौखिक प्रणाली को अपनाने लगे

*ओसाका बधिर मूक विद्यालय

न केवल बधिर विद्यार्थी...
बल्कि हम जैसे बधिर शिक्षक भी नौकरी से हटाये जा रहे हैं
तोक्यो के प्रधानाचार्य कहते हैं कि बधिर शिक्षक कम शिक्षित हैं
कहते हैं कि शिक्षक योग्य नहीं है
क्या बात है...
बधिर विद्यालय जहाँ कि बधिर बच्चों को शिक्षित किया जाता है, वहीं पर बधिरों में भेदभाव किया जा रहा है...
प्रधानाचार्य
अभी पत्र आया है

श्री ताकाहाशि किंयोशि
आखिर वह अवसर अब आने वाला है
जापान बधिर-मूक विद्यालय प्रधानाचार्य महासभा का निमन्त्रण पत्र था
उस महासभा में मौखिक प्रणाली की सर्वोपरिता की घोषणा की जायेगी
जिसके कारण तीन-चार वर्षों से कियोशि परेशान थे, किन्तु सभा का सामना तो करना ही पड़ेगा

26, जनवरी 1933
साँय
योरिको
उठो योरिको
अ
जरा उठ जाओ
ठंड है, यह पहनो

क्या हुआ पापा...
आपने कोट क्यों पहना है...
मुझे कहीं जाना है
पर माँ बीमार है
बीमार...?
कल रात अचानक उसकी हालत खराब हो गयी
तुम तागुचि क्लीनिक जाओ और डॉक्टर को बुला लाओ
और पापा आप...?
मुझे तोक्यो में महत्त्वपूर्ण बैठक के लिए जाना जरूरी है
सुबह पहली रेल से जाऊँगा

हाँफ
हाँफ
हाँफ
सुनो, योरिको डॉक्टर को बुला लायेगी
योरिको जल्दी कपड़े पहनो
बाहर ठंड है, कोट और दस्ताने भी पहनो
धीरज रखो
मैं आता हूँ

साँय
पो पो

पापा...
पो पो

कड़
कड़
कड़ कड़ कड़
यह बैग योरिको को पसन्द आयेगा...
सुनिए...
यह तुम अचानक क्या कहने लगीं...
बहुत धन्यवाद

आपने कहा था कि मेरा पति बनने से अधिक आप योरिको के पिता बनने के इच्छुक हैं
योरिको को पापा मिले
क्यों नहीं
पिता-बेटी का रिश्ता पति-पत्नी से गहरा है
अन्यथा नहीं लेना, पर मसलन यदि तुम्हारी मृत्यु हो जाये
तब भी मैं और योरिको हमेशा के लिए पिता और बेटी ही रहेंगे
मैंने भी संकल्प लिया था कि
मैं भी ताकाहाशि कियोशि की पत्नी से अधिक...
ओसाका बधिर-मूक विद्यालय के प्रधानाचार्य की पत्नी बनना चाहती हूँ

आपके इस महत्त्वपूर्ण कार्य के लिए मैं भी अपना जीवन समर्पित करना चाहती हूँ
खड़
खड़
खड़
खड़ खड़ खड़
खड़

चलता हूँ
अब बहुत बेहतर लग रहा है
सुबह खून की कमी बहुत ज्यादा थी
योरिको आपकी माँ जल्दी ठीक हो जायेगी
क्षमा करना फुजिइ मैडम, आपको आना पड़ा
कोई बात नहीं
योरिको आज मैं तुम्हें अच्छा खाना खिलाऊँगी
वाह
सामान लेने बाजार जा रही हूँ, कोई और काम तो नहीं है?
क्या आप मारुनोउचि होटल को तार भेज देंगी

जरूर, वे तोक्यो पहुँचने वाले होंगे
सर होटल में ठहरेंगे?
महत्वपूर्ण सभा है, उनको शान्ति चाहिए इसलिए
सर... जरूर जीतेंगे
सर हार गये तो सांकेतिक भाषा का भी अन्त हो जायेगा
बधिर शिक्षा प्रणाली में मौखिक प्रणाली का ही एकाधिकार हो जायेगा
अन्य बधिर स्कूलों के प्रधानाचार्य तो सरकार के ही आज्ञाकारी हैं
भले ही अकेले क्यों न हों, पर सर जरूर संघर्ष करेंगे

*मुझे उस तार से आश्वासन मिला, "चिन्ता न करें"

*योरिको को मेरी ओर से शाबाश कह देना, सकुशल रहें। 26 की रात को, कियोशि। शुको के लिए।

जापान बधिर-मूक विद्यालय प्रधानाचार्य महासभा।
अब शिक्षा मंत्री हातोयामा इचिरो द्वारा व्याख्यान प्रस्तुत है
अब शुरुआत होगी

हमारे देश के बधिर बच्चों की भाषा क्षमता की उन्नति का उद्देश्य है
देश प्रेम की विचारधारा को बल देना, इसलिए यह जन शिक्षा की आधार प्रणाली के अनुरूप होनी चाहिए
कोई चिन्ता नहीं, मंत्री को मौखिक प्रणाली की जानकारी अधिक है
उन्होंने उस बधिर बच्चे की प्रस्तुति भी देखी है

बधिर बच्चे जापानी नागरिक हैं...
इसलिए जितना सम्भव हो, उन्हें जापानी भाषा बोलनी है
और दूसरों की भाषा समझनी है
भाषा प्रयोग के साथ-साथ सभ्य नागरिक सा जीवन व्यतीत करने की आवश्यकता है
इसलिए सभी बधिर-मूक विद्यालयों से निवेदन है कि
बधिर बच्चों के मौखिक प्रशिक्षण को प्रोत्साहित करने का प्रयास करें

शिक्षा मंत्री ने मौखिक प्रणाली को प्रोत्साहित किया
अरे, कावामोतो सर
आखिरकार हो गया
हो गया
निशिकावा सर और हाशिमुरा सर, आपको बधाई हो
जी जी, अच्छा हुआ
शिक्षा मंत्री ने मौखिक प्रणाली को स्वीकार किया!!
अब हम सब एक साथ मौखिक प्रणाली के मार्ग पर बढ़ेंगे
हमारे परिश्रम का फल मिला

मौखिक प्रणाली को सरकार से स्वीकृति मिली!!
मौखिक प्रणाली को सरकार से स्वीकृति मिली!!
द्वितीय पत्र; 28 जनवरी को शिंजुकु में सम्राट उद्यान को देखा और 5 बजे से शिक्षा मंत्री द्वारा आयोजित निमन्त्रण समारोह में सम्मिलित हुआ

शिक्षा मंत्री ने अपने व्याख्यान में पुनः मौखिक प्रणाली को प्रोत्साहित किया
सब लोगों को अभिमान में डूबे देख बहुत बुरा लगा, वापस आने के बाद भी नींद नहीं आयी
होटल में कल के व्याख्यान के बारे में विचार कर रहा हूँ
कल की सभा में अगर शिक्षा मंत्रालय के प्रमुख ही अध्यक्ष बने, तो उनके सामने मैं सीधा बता पाऊँगा...
यह मेरे लिए जीने या मरने का सवाल होगा
सरकार के सामने जो मुझे कहना है वही कह दूँगा, वर्षों के दुख से कलेजा फट रहा है, अब इसके लिए कुछ भी कर सकता हूँ
मौखिक प्रणाली के पक्षधर लोगों को भी सम्पूर्ण विजय चाहिए, वे लोग भी कुछ भी कर सकते हैं

आज रविवार है, सब आनन्दित होंगे
दिन है 29 जनवरी 1933, जापान की बधिर-मूक शिक्षा के इतिहास में अविस्मरणीय
होटल में अकेले बैठ कर विचार करते हुए घोर अकेलापन महसूस हो रहा है
परन्तु मुझे आपको याद कर स्फूर्ति मिलती है, आप मुझे सब से अधिक समझती हैं
मारुनोउचि होटल में, कियोशि, शूको के लिए
जीतूँगा, मैं अवश्य जीतूँगा, जो कहना है कह दूँगा, भविष्य के बधिर-मूकों के लिए ...

अध्याय पैंतीस : अविस्मरणीय दिन

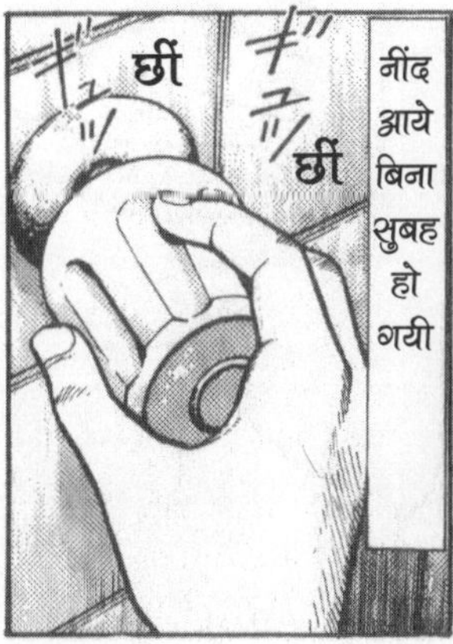

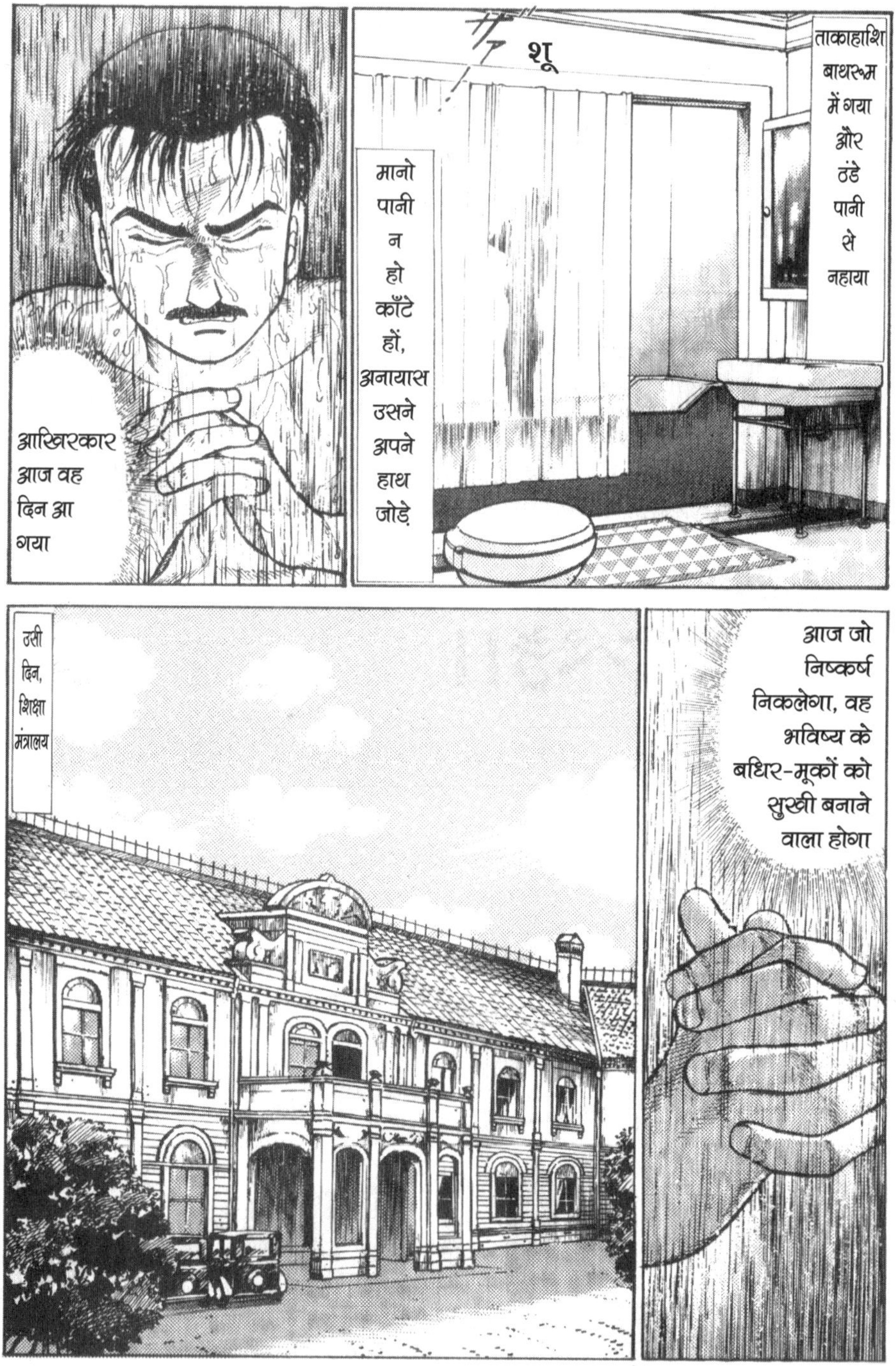

ताकाहाशि बाथरूम में गया और ठंडे पानी से नहाया
शू
मानो पानी न हो काँटे हों, अनायास उसने अपने हाथ जोड़े
आखिरकार आज वह दिन आ गया
आज जो निष्कर्ष निकलेगा, वह भविष्य के बधिर-मूकों को सुखी बनाने वाला होगा
उसी दिन, शिक्षा मंत्रालय

फुस
फुस
फुस
आज ताकाहाशि का व्याख्यान है
अब उसे अपनी बात छोड़ देनी चाहिए
वह ऐसा नहीं करेगा, बहुत समय से हमारा दुश्मन है
आज सब समाप्त हो जायेगा
सरकार ही मौखिक प्रणाली चाहती है... इसलिए उसका चिल्लाना बेकार है
अब मौखिक प्रणाली को ही निर्धारित किया जायेगा
बधिर बच्चों के माता-पिता भी वही चाहते हैं

समय हो गया है
9 बजे से महासभा आरम्भ हो रही है, अन्दर आइएगा
शिक्षा मंत्री भी मौखिक प्रणाली के ही समर्थक हैं
हम आनन्दपूर्वक परिणाम की प्रतीक्षा करते हैं
आज सांकेतिक भाषा का अन्त होगा

29
जनवरी,
9 बजे
महासभा
आरम्भ
हुई

उद्‌घाटन भाषण के बाद शिक्षा मंत्रालय के प्रमुख ने शिक्षा मंत्री का सन्देश पढ़ा
फिर से मौखिक प्रणाली का प्रोत्साहन
उसे सुनकर कियोशि को आहत हुआ दूसरों को घमंड हुआ
अब शिक्षा मंत्रालय के सलाहकार की ओर से प्रस्तुत है
बधिर-मूक शिक्षा की उन्नति के लिए उचित प्रणाली!!
अध्यक्ष!!

उसने कह दिया, "शान्ति से"
हा हा हा
आखिरी बात है, चलो सुन ही लेते हैं
मुझे बोलने का समय दीजिएगा
कृपया शान्ति से सुनें
ताकाहाशि प्रधानाचार्य को अनुमति देते हैं
सब लोग समझ जायें
मुझे अवश्य समझाना है, वरना बधिर-मूकों का भविष्य नरक हो जायेगा

बधिर बच्चे जापानी नागरिक हैं इसलिए जितना सम्भव हो, उन्हें जापानी भाषा बोलनी है
भाषा प्रयोग के साथ-साथ उन्हें सभ्य नागरिक जीवन व्यतीत करने की आवश्यकता है
इसलिए सभी बधिर-मूक विद्यालय बधिर बच्चों के मौखिक प्रशिक्षण को प्रोत्साहित करने का प्रयास करें...
अर्थात सांकेतिक भाषा मना है और मौखिक प्रणाली को ही अपनाने का आदेश दिया गया है
अब बधिर-मूकों से उनकी आत्मीय सांकेतिक भाषा छीनी जा रही है
यही शिक्षा मंत्री और सरकार का व्याख्यान था

मौखिक प्रणाली के प्रसार के लिए अब सांकेतिक भाषा एकदम मना की जा चुकी है
सांकेतिक भाषा में एक ही अँगुली से कई बातें बता सकते हैं, उसे छोड़ कर उन्हें उच्चारण का दर्दनाक प्रशिक्षण झेलना पड़ रहा है, जिन्हें अपने कान से वह उच्चारण बिलकुल सुनाई ही नहीं देता
इस वास्तविकता से हमें पता चलता है कि
बधिर-मूक अल्पसंख्यक हैं और सांकेतिक भाषा अल्पसंख्यक की भाषा है
सामान्य लोग मुख्य धारा में हैं और ध्वनि भाषा मुख्य धारा की भाषा है

क्या अल्पसंख्यक को मुख्य धारा में बलि का बकरा बनना होगा
क्या सामान्य लोगों का पक्ष लेकर उन्हें सामान्य लोगों की भाषा अपनाकर सामान्य लोगों के समान बनने की जबर्दस्ती करनी चाहिए
बधिर-मूकों को बधिर-मूक होने के कारण संकोच का अनुभव क्यों करना चाहिए
हमें उन्हें संकोच और हीनता की भावना को छोड़कर सिर उठा कर जीना सिखाना है
बधिर बच्चों में इस प्रकार की दृष्टि का विकास करना ही हम बधिर शिक्षा के शिक्षकों का वास्तविक कार्य है

परन्तु वर्तमान काल के शिक्षा जगत में सरकार की आज्ञा का पालन और अन्धानुसरण प्रचलित है
आजकल गाँवों के बधिर विद्यालयों का भी यही हाल है
बच्चे के लिए मौखिक प्रशिक्षण बहुत दुरूह है, फिर भी वे मौखिक प्रणाली के पक्षधर बनने में व्यस्त हैं
अ... अध्यक्ष!!
इतना दुस्साहस, क्या कहते हो
अध्यक्ष!!
अपनी बात अपने पास रखो
अध्यक्ष!!

"वातानाबे नोबोरु गरीब था"
"वातानाबे नोबोरु माता-पिता के लिए अच्छा बच्चा था"
एक दिन मैं मौखिक प्रणाली के स्कूल में गया, पाँचवीं कक्षा में नैतिकता की पढ़ाई हो रही थी
बच्चे पूरा एक घंटा इन दो वाक्यों को रटते रहे
असल में वह नैतिकता की पढ़ाई नहीं, बल्कि भाषा...नहीं उच्चारण की ही पढ़ाई लग रही थी

सांकेतिक भाषा का प्रशिक्षण लेते तो बच्चे स्कूल में दाखिल होने के 3-4 माह बाद ही कोई कहानी मजे के साथ प्रस्तुत करने लगते
उसी कहानी को उतने ही मजे के साथ प्रस्तुत करने के लिए मौखिक प्रशिक्षण में 4-5 साल से भी ज्यादा लगेगा
जिस बधिर-मूक बच्चे ने कभी जापानी भाषा को सुना नहीं है, उन्हें भाषा सिखाने के लिए 6-8 साल का समय लगता है
और इस दौरान बच्चों के मानसिक विकास के लिए कोई शिक्षा नहीं दी जा सकती
मेरे अनुसार मौखिक प्रणाली का विद्यालय तो जापानी भाषा विद्यालय अथवा वार्ता प्रशिक्षण विद्यालय मात्र है
अथवा इसे इलाज या सुधार की ही संस्था कहा जा सकता है

अब सांकेतिक भाषा का समय चला गया
बकवास!!
चले जाओ!!
इसलिए बधिरों की भाषा यानी सांकेतिक भाषा का ही सहारा लेना होगा
उन लोगों के लिए सांकेतिक भाषा ही सब से सहज भाषा है
बच्चों के लिए बच्चों की दुनिया अलग होती है
बच्चे का मानसिक जगत दिन-प्रतिदिन विकसित होता है, हम शिक्षकों पर उसे समृद्ध बनाने की जिम्मेदारी है

आप लोग यह न समझें कि मैं मौखिक प्रणाली की आलोचना कर रहा हूँ
लेकिन बधिर शिक्षा में मौखिक प्रणाली के एकाधिकार का विरोध अवश्य करता हूँ
जो थोड़ा बहुत सुन सकते हैं या जो जन्म से बधिर न हों, उनके लिए मौखिक प्रशिक्षण उपयोगी सिद्ध होगा
परन्तु ऐसे लोग 10 में से 2 या 3 ही मिलेंगे
तब शहीद हुए बाकी 7-8 लोगों को हम कैसे बचाएँगे
क्या हमें देखते रहना चाहिए ?

बधिर-मूक शिक्षा सिर्फ अमीरों के बच्चों के लिए नहीं है
और यह प्रतिभा शिक्षा प्रणाली भी नहीं है
अन्त में मैं अपनी बात का सार बताना चाहता हूँ
शिक्षा में कोई सर्वमान्य प्रणाली नहीं हो सकती
शिक्षा के क्षेत्र में सम्भावनाओं के दायरे के भीतर ही उसे चलाया जा सकता है

पहला, बधिर-मूक अल्पसंख्यक हैं और सामान्य लोग मुख्य धारा में हैं
इसके कारण उनके साथ सांकेतिक भाषा के स्थान पर सामान्य लोगों की भाषा को अपनाने की जबर्दस्ती नहीं की जानी चाहिए

दूसरा, मुँह से बोलने के लिए श्रवण शक्ति अपेक्षित है
मौखिक प्रणाली में श्रवण शक्ति से जुड़ी हुई भाषा को नेत्र शक्ति के माध्यम से अपनाने का प्रयास किया जाता है, जो असम्भव प्रतीत होता है

तीसरा, जो जन्म से बधिर नहीं हैं या जिन्हें थोड़ा बहुत सुनाई देता है उनके लिए मौखिक प्रशिक्षण उपयोगी सिद्ध होगा
परन्तु इसी के आधार पर सभी बधिर-मूकों के साथ जबर्दस्ती करना उचित नहीं है
चौथा, यह भी स्पष्ट है कि मौखिक प्रशिक्षण के लिए बहुत समय और परिश्रम खर्च किये जाने के बावजूद सन्तोषजनक परिणाम मिलना कठिन है

पाँचवाँ, इसलिए मेरा प्रश्न यह है 10 में से 2-3 को शिक्षित करने के बाद
बलिदान हुए बाकी 7-8 लोगों के लिए क्या किया जाये
छठा, सांकेतिक भाषा में बात और सहजता से की जा सकती है इसलिए बधिर-मूकों को सन्तुष्टि मिलती है
जैसे सामान्य लोग अँग्रेजी का प्रयोग करते हैं, वैसे ही जिन बधिरों को लिखना आता है वे लिखकर बात करें और जो मौखिक प्रशिक्षण अपना सकते हैं वे मुँह से बात करें

अन्त में मैं
कहना चाहता हूँ

मौखिक प्रशिक्षण उनके लिए होगा जिनके लिए सुविधाजनक हो और जिनके लिए सुविधाजनक नहीं है उनके लिए सांकेतिक भाषा का प्रशिक्षण दिया जाना चाहिए
जिस शिक्षा प्रणाली में एक भी बच्चे को नहीं छोड़ा जाता, ऐसी अनुकूल शिक्षा प्रणाली को ही सर्वोचित माना जाना चाहिए

आपकी प्रतिक्रियाओं को जानने का इच्छुक हूँ
शान्तिपूर्वक सुनने के लिए धन्यवाद
यह मेरी व्यक्तिगत इच्छा नहीं है बल्कि देश भर के बधिर-मूकों की ओर से की गयी प्रस्तुति है

शुक्रिया

इस प्रकार 29 जनवरी 1933 का दिन समाप्त हो गया
ताकाहाशि ने शूको के लिए पत्र में लिखा कि आज बधिर-मूक शिक्षा के इतिहास में अविस्मरणीय दिन है
बधिर-मूक शिक्षा में मौखिक प्रणाली के एकाधिकार को रोका गया
क्या आज का दिन केवल उस रूप में स्मारक रहेगा कि सिर्फ ओसाका बधिर-मूक विद्यालय ही अनुकूल शिक्षा प्रणाली को अपनाकर सांकेतिक भाषा की रक्षा कर पाया?
क्या सिर्फ एक ही विद्यालय

अध्याय छत्तीस : मुरोतो तूफान

पिताजी तालाब में मछली पकड़ने...
माताजी सामान लेने...
भाई को सँभालिए, मैं माँ को बुलाकर आती हूँ
हाँ.. हम सँभालेंगे
प्रधानाचार्य की पुत्री है
इसे सांकेतिक भाषा अच्छी आती है
यह ताकाहाशि सर का पुत्र, चिआकि है, अभी एक वर्ष का ही है
खस्सू
हमें भी जल्दी बच्चा चाहिए
हाँ...

क्या कहा!?
अब क्या कहा!?
फिर से बताओ, सांकेतिक भाषा ठीक से नहीं दिखी
अब की बार तुम बताओ
क्यों...कैसे प्रधानाचार्य जी हैं
ठीक तरह से आँखें खोलिए
मेरे हाथों को ध्यान से देखिए
ゴシゴシ
मैंने और...
इस्सकु ने...

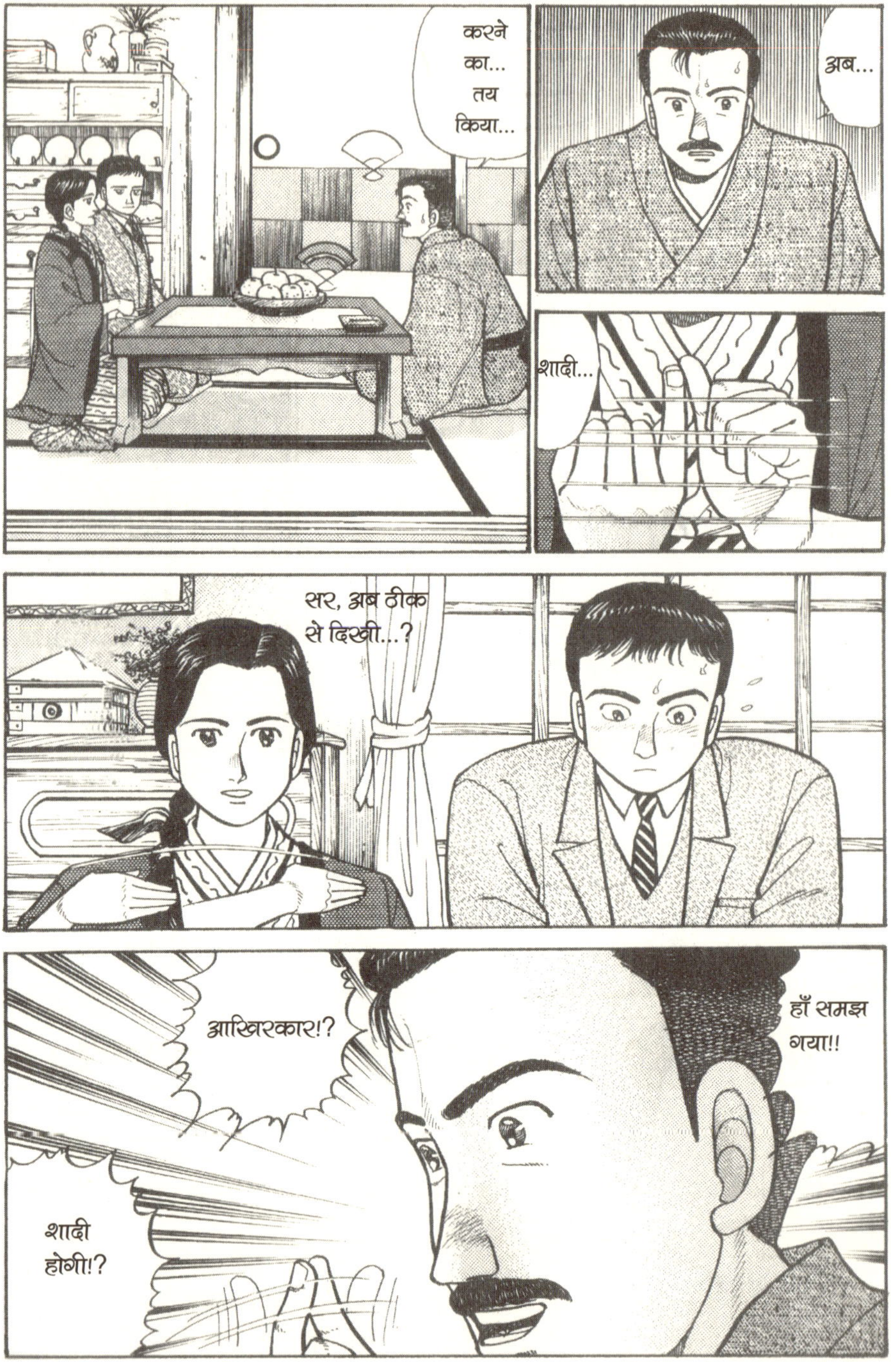

अब...
शादी...
करने का... तय किया...
सर, अब ठीक से दिखी...?
हाँ समझ गया!!
आखिरकार!?
शादी होगी!?

क्या हुआ आप
इतनी बड़ी आवाज...
क्या? कौन
कौन शादी करेंगे?
शादी होगी!!
इस्सकु और मत्सुए की!!
अरे मुबारकवाद
वाह
वाह

वे दोनों स्कूल के ऑडिटोरियम में शादी करना चाहते हैं
मैं और शूको मध्यस्थ होंगे और फुकुदा सर संचालन करेंगे
सहज और गम्भीर ढंग से शादी होगी
30 सितम्बर का दिन शुभ है
स्कूल के हम सभी लोग मिलकर सहयोग करेंगे!!
ऑडिटोरियम में शादी...इस्सकु की ही शादी लगती है
अब हमें उसे इस्सकु बुलाना बन्द करना होगा
हाँ जरूर, वह अब मेरा छात्र नहीं रहा
आज से उसे तोदा सर बुलाएँगे

हा
हा
हा
वाह
वाह
उसकी उम्र लम्बी है, तोदा सर आ रहे हैं
हमारी भी ज्यादा उम्र हो गयी
वह कौन सा दिन था? हम उससे पहली बार कब मिले थे...
1914 अप्रैल को...

छम छम
साँय
आज मत्सुए की शादी के कपड़े देखने गयी
पहनकर बहुत सुन्दर लग रही थी वह
हाँ...
लगता है... एक बड़ा काम पूरा हो गया
ओ.आर.ए. प्रणाली की स्थापना की...
हालाँकि मुझे अलग-थलग किया गया, पर कम से कम मैं सांकेतिक भाषा की रक्षा कर पाया
अब उन दोनों की शादी...

ओसोने और फुजिइ मेरे काम को आगे बढ़ाएँगे
अभी आपका रिटायरमेंट बहुत दूर है
चिआकि और योरिको भी अभी छोटे हैं
धाड़ धाड़
बारिश बहुत तेज है
कल बारिश में बच्चों को परेशानी होगी
घर्र घर्र घर्र..
आज 20 सितम्बर, रात के 10 बज चुके हैं
कोची जिले के मुरोतो रास के आसपास बहुत शक्तिशाली तूफान पहुँच रहा है
शिकोकु के इलाके में तूफान आ रहा है

तूफान आधी रात को पहुँचने वाला है
शिकोकु और कंसाइ के इलाके में लोगों को सावधान रहना होगा
क्या करें, हमारे स्कूल का भवन लकड़ी का है
कल सुबह जल्दी निकलेंगे?
घर्र...
बरसाती पहन कर जाइए
आज जल्दी सो जाऊँगा
साँय साँय
साँय साँय

साँय साँय
पटक
ऊऊऊ
अरे चोट लग जायेगी!! छाता छोड़ो
स्कूल तक दौड़ना है!!
साँय साँय
जल्दी अन्दर जाओ!!
चोट लग जायेगी, तेजी से दौड़ो!!

साँय
तूफान और तेज हो रहा है
धाड़ धाड़
बच्चों को सुरक्षित स्थान पर भेजना है
8 बजे तक देखते हैं
सब बच्चों के पहुँचने का इन्तजार करते हैं
खड़ाक
अरे!!
धम
ख... खपरैल उड़कर आयी

सुनो!!
बाहर
देखो
खपरैल
दरवाजे
सब उड़
रहे हैं
साँय साँय
धाड़ धाड़
खड़ाक
खड़ाक

ठक
जल्दी अपनी कक्षा में जा कर बच्चों को गिन लेना
बच्चों को एक जगह इकट्ठा करना है

पूर्व-भवन
के दक्षिण
में सब
इकट्ठे हो
जाओ
जल्दी
करो!!

साँय साँय

प्रत्येक अध्यापको, मुझे बच्चों की संख्या बताना है
प्राथमिक विभाग में 72 बच्चे हैं!!
अरे माचिको कहाँ है
हम कुल मिलाकर 253 लोग हैं
6 लोग कम हैं
9 बज चुके हैं
क्या बच्चों को स्कूल आने से मना करना होगा
फुजिइ, फिर से सारे कमरे देखकर आना
बच्चों को सुनाई नहीं देता, मेज के नीचे छुप सकते हैं
जी सर!!
सर मैं भी जाता हूँ!!

जी, आता हूँ!!
इकुनो स्कूल सुरक्षित स्थान है
इकुनो स्कूल...!?
क्या बात कर रहे हैं, प्रधानाचार्य साहब
वहीं जाना होगा!!
यह लकड़ी का भवन है, यहाँ खतरा है
लेकिन इस तूफान में कैसे!?
इस गलियारे से तेजी से निकालना है!!
बाढ़ के साथ-साथ करीब 100 मीटर दौड़ कर इकुनो स्कूल पहुँच जायेंगे

ख्रीं ख्रीं
ख्रीं ख्रीं
भवन गिर रहा है!!
अरे
शिक्षक और बड़े बच्चे छोटे बच्चों को पीठ पर उठाओ
हम एकदम यहाँ से एक साथ निकल जायेंगे
जल्दी!!
धड़ धड़ धड़
गिरेगा

रवीं

ズズズズズ
!!
धड़ धड़ धड़
माचिको तुम यहाँ कैसे!!
ऊऊऊ
ऊऊ
धड़ धड़ धड़

जल्दी!! बाड़ के साथ-साथ दौड़ना
अभी पहुँच जायेंगे!!
सुनो, दो बच्चे उधर छुप रहे थे
फुजिइ, इस्सकु कहाँ है!?
अरे!!
भवन...!!

भवन
गिर
रहा है!!
इस्सकु!!

धड़ धड़ धड़ धड़

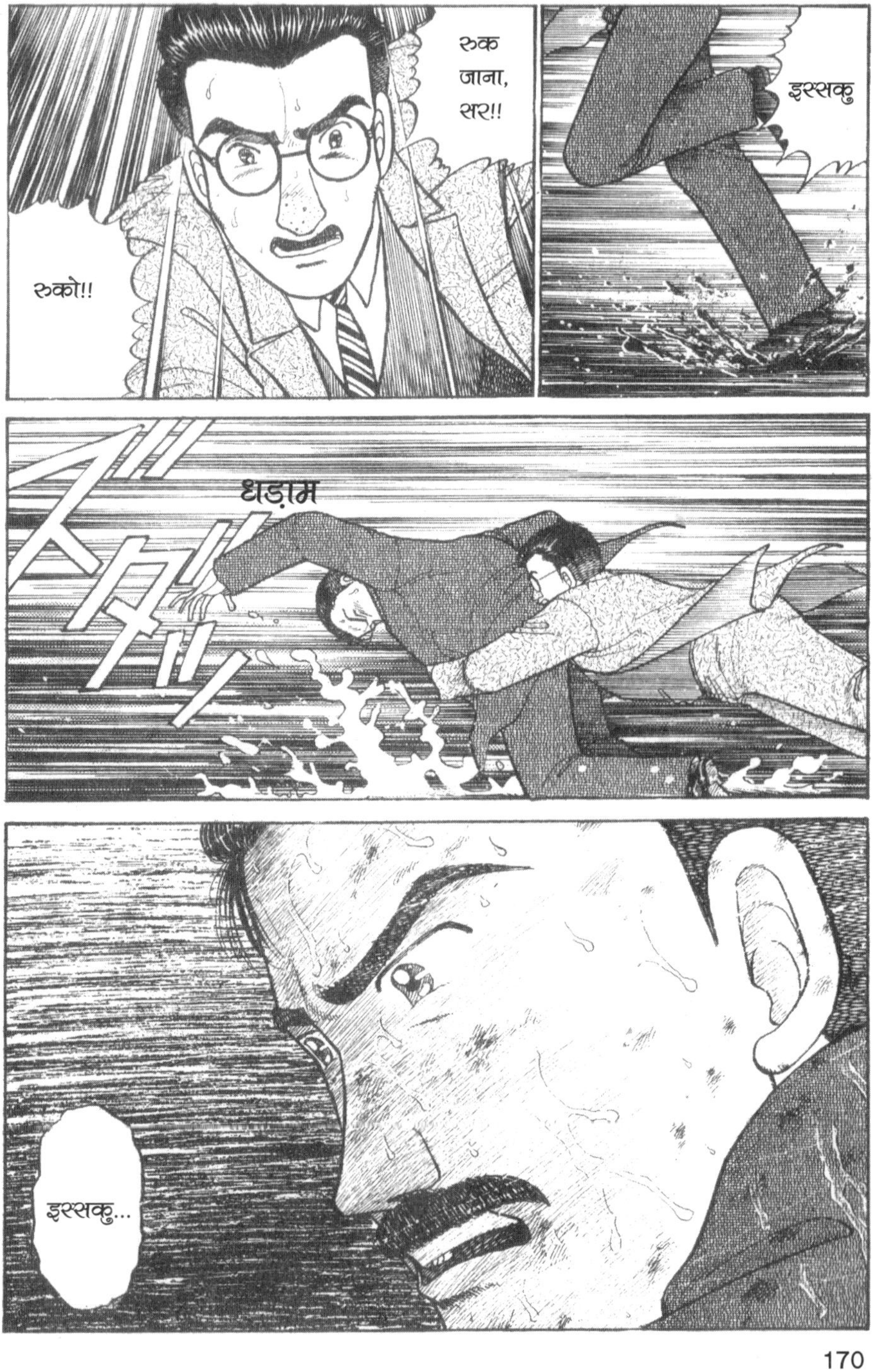
रुक जाना, सर!!
रुको!!
इस्सकु
धड़ाम
इस्सकु...

अध्याय सैंतीस : कियोशि और हामाको

क्षतिग्रस्त हुए भवन के सामने कियोशि अवाक् खड़ा रहा

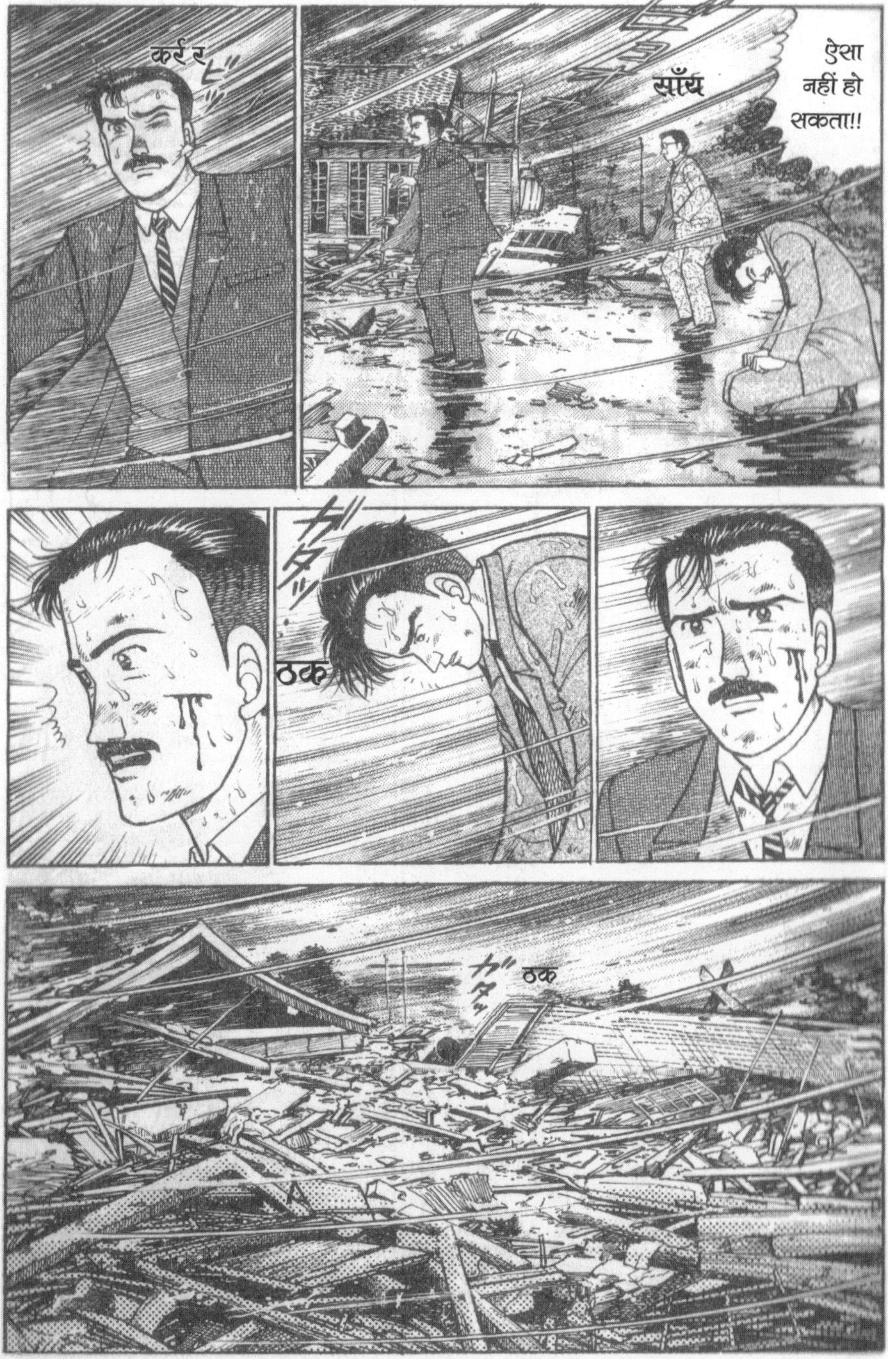
ऐसा नहीं हो सकता!!
साँय
कर्र र
ठक
ठक

ठक
इ...
इस्सकु!!
इस्सकु!!
तुम ठीक
तो हो!?
इस्सकु!!
ऊ ऊ
ऊ ऊ

माचिको, तुम खुद इकूनो स्कूल तक जाओगी ना
सर, कोई बात नहीं
ओसोने, माचिको को चिकित्सा कक्ष ले जाओ
कैसे हो तुम
हा हा हा
बिलकुल नहीं, कंतो के महा भूकम्प के समय भी मैं बच गया था
इस्सकु... तुम्हें चोट नहीं लगी है?
हा हा हा

मुरोतो तूफान ने कंसाइ और शिकोकु के इलाके पर आक्रमण किया और उसकी अधिकतम हवा की गति 60 मीटर से अधिक थी
ओसाका शहर में 1800 लोग मर गये अथवा गुमशुदा हुए और 9 लाख लोग प्रभावित हुए

बधिर-मूक विद्यालय का मुख्य भवन पूरी तरह क्षतिग्रस्त हो गया और दूसरे भवनों को भी नुकसान पहुँचा
शिक्षक और छात्र-छात्राएँ सब सलामत थे और सब आश्वस्त हुए

अगले दिन से एक महीने तक छुट्टी हो गयी, शिक्षक और बड़े बच्चे भवन की मरम्मत के लिए परिश्रम करने लगे
ठाँ ठाँ
ठक ठक
ठाँ ठाँ

तुम्हारी शादी का भवन भी गिर गया
क्या करें सर, तूफान से कौन लड़ेगा
शादी एक महीने बाद होगी
हमें भी फिर से प्रारम्भ करना है
इतनी सी बात में हम हार नहीं मान सकते
यह मामूली बधिर-मूक विद्यालय नहीं है
जापान में केवल यही एक स्कूल ऐसा है जो सांकेतिक भाषा की रक्षा कर सकता है
हमारी शादी भी सांकेतिक भाषा में संचालित होगी?
जरूर!!

मैं उसे इसी स्कूल में भेजना चाहूँगी
हाँ...
हमारा बच्चा आयेगा...
अगर वह बच्चा बधिर हुआ तो
किसी हालत में भी किसी भी बधिर-मूक से सांकेतिक भाषा को नहीं छीना जा सकता
ठाँ ठाँ
ठक ठक
ठाँ ठाँ
इसी प्रकार सांकेतिक भाषा जीवित रहेगी
कंतो के महा भूकम्प में कोरियाइयों और बधिर-मूकों की हत्या होते देखी थी
तुम दोनों ने चावल आन्दोलन को देखा था
मत्सुए... इस्सकु... तुम लोगों को मालूम है

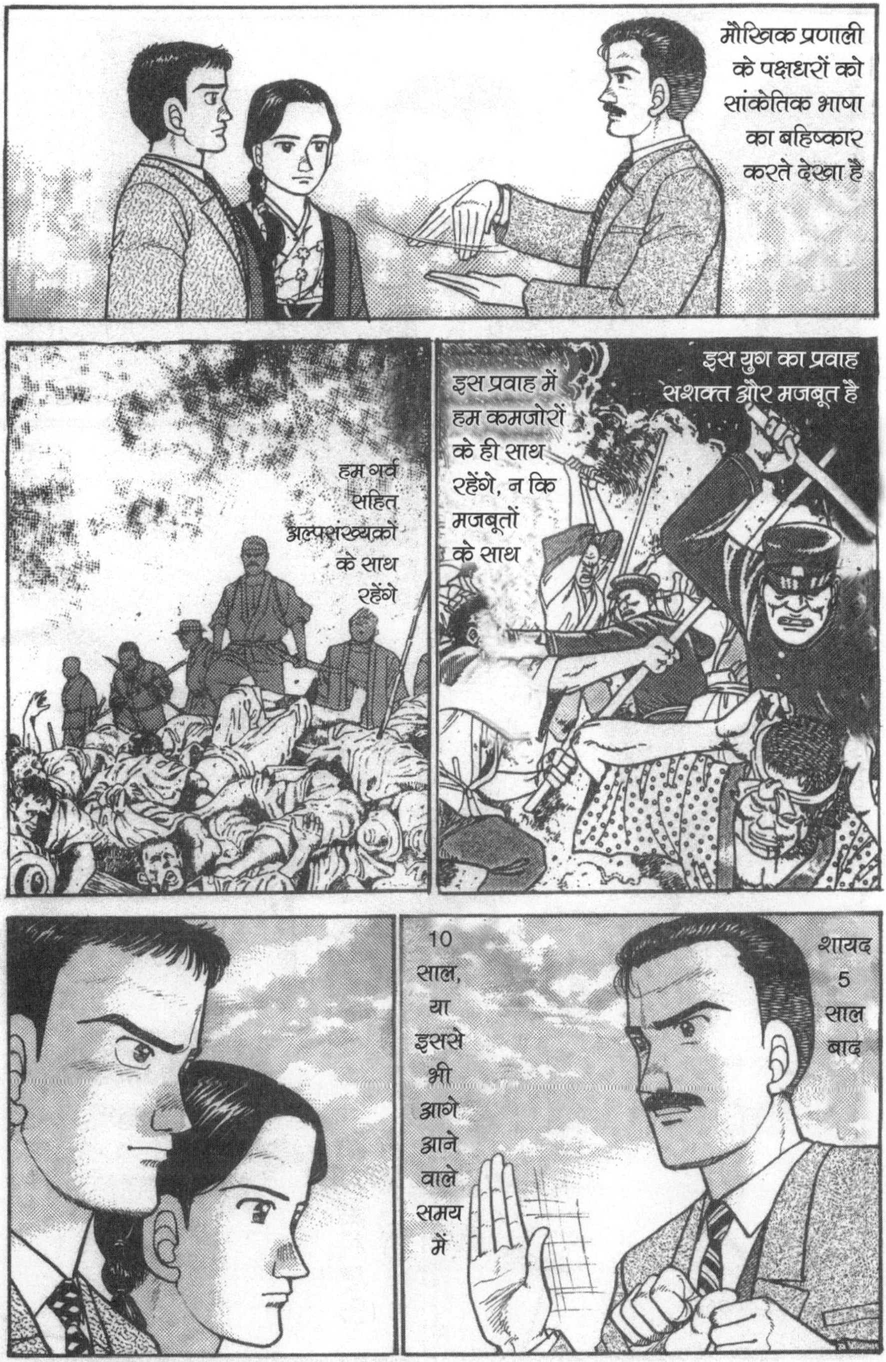
मौखिक प्रणाली
के पक्षधरों को
सांकेतिक भाषा
का बहिष्कार
करते देखा है
इस युग का प्रवाह
सशक्त और मजबूत है
इस प्रवाह में
हम कमजोरों
के ही साथ
रहेंगे, न कि
मजबूतों
के साथ
हम गर्व
सहित
अल्पसंख्यकों
के साथ
रहेंगे
शायद
5
साल
बाद
10
साल,
या
इससे
भी
आगे
आने
वाले
समय
में

इतिहास में कुचले हुए लोगों के बीच समानता की भावना जन्म लेगी
"सर्वम् हिताय" के साथ स्वस्थ विचारधारा का जन्म होगा...
उस दिन तक...
मेरे जाने के बाद तुम लोग...
और तुम्हारे जाने के बाद तुम्हारे बच्चे...

ठाँ ठाँ
ठक ठक
ठाँ ठाँ
20 अक्तूबर, 1934
स्कूल के ऑडिटोरियम की मरम्मत हो गयी, वहाँ मत्सुए और इस्सकु की शादी हुई

तोदा इस्सकु, उम्र 28, नाकाहारा मत्सुए, उम्र 26
ठक
ठक
ठक
1936, तोक्यो

"शोवा युग का पुनरुत्थान" के नारे के साथ सम्राट के पक्षधर के जवान अधिकारियों ने राजनीतिक नेताओं पर आक्रमण किया
जापान में "2.26 घटना" के नाम से जाना जाता है
इस क्रान्ति में सरकार के सैन्य दल ने विद्रोही के रूप में उन लोगों का दमन किया और नेता को गोली मारी
उसके बाद उस नियन्त्रण शक्ति ने ही सैनिकों पर विजय पायी, देश तानाशाही की ओर बढ़ने लगा
उसी साल में अप्रैल, शिगा जिला ओमिहाचिमान शहर

लखपति निशिकावा परिवार में पतन होने लगा
निशिकावा होक्काइदो इलाके में मछली पकड़ने का उद्योग करता था, किन्तु अब उसके परिवार में गंभीर आर्थिक संकट उत्पन्न हो गया
प्रतिदिन परिवार और रिश्तेदारों के बीच बात होती रहती और किचिनोसुके को आखिरी निर्णय करना पड़ा
यदि आप शिक्षक का पद छोड़ कर घर के व्यवसाय में लग जायें
तो हम सब रिश्तेदार आपकी मदद करने के लिए तैयार हैं
परन्तु यह तब होगा जब आप शिक्षक का पद छोड़ेंगे
पूर्वजों से मिले इस घर को छोड़ना है या विद्यालय

किचिनोसुके ने घर को छोड़
उस साल के शरद ऋतु में किचिनोसुके ने परिवार के साथ कुसात्सु शहर के बधिर-मूक विद्यालय के पास किराये का कमरा लिया
खेद है सब को कष्ट हो रहा है...
आज हमारे पास न तो पैसा है और न ही अन्य कोई चीज

उ
परन्तु तुम लोगों को यहाँ सच्चा सुख मिला है
पैसा नहीं है पर अब हम कुछ भी करने को स्वतन्त्र हैं
जब इंसान को सिर्फ खुद के लिए प्रयास कर सुख मिल जाता
तो वह मात्र आत्मतुष्टि होगी, आत्मकेन्द्रित सुख होगा
हामाको ने पिता के उस होंठ को निहारा, जिसे वह बहुत समय से देखती आयी थी
परन्तु यदि हमें एक दूसरे को सहयोग कर सुख मिले
तो वही सच्चा सुख होगा और वह कभी समाप्त नहीं होगा

*शिगा जिला बधिर मौखिक विद्यालय

1939
大阪市立
ओसाका बधिर-मूक विद्यालय
कर्र्र्र
प्रधानाचार्य साहब, कोई मिलने आये हैं
कौन है? अब समय नहीं है
उनका नाम निशिकावा हामाको है
उन्हें जरूरी काम है...
निशिकावा...?
हामाको यहाँ कैसे!? अकेली आयी है?
जी... आप उन्हें जानते हैं?
यहाँ बुलाइए
जल्दी...

ताकाहाशि सर, आपसे कुछ निवेदन है
सुनिए...
मेरी बात समझ सकेंगी? पहली बार का ओष्ठ पठन मुश्किल होता है
मैं समझती हूँ
धीरे न होकर सामान्य गति में बोलिए, मुझे सुविधा होगी
बहुत खूब
आपके बारे में मैंने सुना तो था, पर आप सचमुच ही निशिकावा सर की बेटी हैं

पिताजी ने मुझे भाषा सिखाई...
मुँह से बोलना उन्होंने सिखाया और उन्हें सफलता मिली
उसी के कारण मैं और पिताजी दुखी है
परन्तु अन्य बच्चे मेरी तरह नहीं बोल सकते, वाक्य भी नहीं लिख सकते
उसी के कारण पिताजी आज तक दुखी हैं
पिताजी रोते हैं...
बच्चों की पढाई अच्छी नहीं हुई, तो वे छुप कर आँसू बहाते हैं
सर... मुझे इस स्कूल में नौकरी दीजिएगा
मुझे सांकेतिक भाषा सिखाइएगा

मैंने आज तक सांकेतिक भाषा बिलकुल नहीं सीखी
अन्य बधिर-मूकों के साथ सांकेतिक भाषा के बिना बात नहीं हो सकती
मैं सांकेतिक भाषा का अनुभव करना चाहती हूँ
हामाको...
आपकी बात मैं समझता हूँ
परन्तु निशिकावा सर को उसके बारे में मालूम है?
नहीं... पिताजी को नहीं बताया
मैं अब बड़ी हो गयी हूँ

परन्तु निशिकावा सर और भी दुखी हो जायेंगे
मुझे मालूम है, फिर भी
मैं यहाँ काम करना चाहती हूँ
नहीं
मैं ऐसा नहीं कर सकता
मौखिक प्रणाली वाला निशिकावा और सांकेतिक भाषा वाला ताकाहाशि...
दुनिया कहती है कि हम दोनों में दुश्मनी है
यह सच है कि सांकेतिक भाषा के कारण मुझे अलग किया गया और आलोचना भी मिली
परन्तु मैंने कभी नहीं सोचा कि निशिकावा सर की वजह से ऐसा हो रहा है

निशिकावा सर के पास गहरी आस्था है
मेरा रास्ता उनसे अलग है पर मैं भी ऐसी आस्था रखना चाहता हूँ
आज के बारे में हमें भूलना चाहिए
निशिकावा सर पर इसका बुरा असर पड़ेगा
अगर निशिकावा सर और अन्य लोगों से अनुमति मिले, तो मैं जरूर आपका यहाँ स्वागत करूँगा
आप निर्दयी हैं...
ताकाहाशि सर निर्दयी हैं...
ऐसा नहीं हो सकता
पिता सांकेतिक भाषा की अनुमति मुझे कभी नहीं देंगे

निराश होकर हामाको जा रही थी, उसे देखकर कियोशि की आँखों में आँसू उमड़ आये
निशिकावा किचिनोसुके ने अकेले ही बधिर शिक्षा में मौखिक प्रणाली के एकाधिकार का निर्माण किया और उसकी बेटी हामाको उनकी चमकती आशा थी
उन दोनों के दुख से सब अनजान थे, कियोशि के मन में दर्द हो रहा था
अगले साल 1940 में
साँय
कियोशि का सामना दो दर्दनाक मौतों से होने वाला था

अध्याय अड़तीस : कब्र

सर!!
प्रधानाचार्य साहब, बहुत गड़बड़ हो गयी
क्या हुआ ओसोने, ठीक से बोलो
अभी...
फोन...
हाँफ हाँफ हाँफ हाँफ
निशिकावा...
निशिकावा सर नहीं रहे
हाँफ हाँफ

किचिनोसुके ने खुदकुशी की
झीं
झीं
झीं
27 जुलाई को स्कूल के मैदान पर विशाल तम्बू में उनके अन्तिम संस्कार का आयोजन हुआ
हामाको पिता की असमय मौत से बेहद दुखी होकर उदासीनता से खड़ी रही
बधिर बच्चों के माता-पिता का बड़ा सहारा खो गया था, वे शोक में रोते थे
आज उनकी खुदकुशी के कारण का पता करना असम्भव है
बाद में हामाको ने अपने लेख में बताया कि

इसलिए उनके लिए वह बड़े दुख का विषय था कि स्कूल के बधिर बच्चे मेरी तरह नहीं बोल सकते, हालाँकि उनकी बेटी को बहुत अच्छी तरह बोलना आता है
मौत होने से कुछ पहले वाले उनके शब्दों की याद करती हूँ, वे बधिर-मूक विद्यालय के प्रधानाचार्य थे
मेरे पिता अन्तिम समय तक यही सोच रहे थे
मेरे पिता केवल अपनी बेटी का सुख नहीं चाहते थे परन्तु सभी बधिर-मूकों का सुख चाहते थे
उनकी आशा थी कि स्कूल से उत्तीर्ण हुए बच्चों को मेरी तरह बोलना आ जाये
इसलिए मैं सांकेतिक भाषा की जानकारी लेने के लिए ओसाका बधिर-मूक विद्यालय के शिक्षक से मिलना चाहती थी
मुझे मौखिक प्रणाली की ही शिक्षा मिली इसलिए सांकेतिक भाषा न जानने के कारण मैं अन्य बधिर-मूकों से बात नहीं कर सकती थी, इसलिए मैं बहुत दुखी थी

मैंने स्वर्गवासी पिताजी के बारे में सोचा और अपने दुखों को सँभाल नहीं पायी, इसलिए किसी को बताये बिना ओसाका के स्कूल जाने का निश्चय किया, हालाँकि हिम्मत जुटाने में मुझे काफी समय लगा
परन्तु सब लोगों ने मेरा विरोध किया कि बधिर-मूक स्कूल जा कर उस इशारे को सीखने की कोई जरूरत नहीं हैं
किचिनोसुके मौखिक प्रणाली के प्रवर्तक थे और हामाको उसका आदर्श रूप थी
इन दोनों ने मौखिक प्रणाली की सम्भावना का परिचय दिया और साथ ही उन्हें उसकी सीमा का भी ज्ञान हो गया था
पर मैं अपने को नहीं रोक सकी और चुपचाप घर से निकल गयी
मैं तोक्यो पहुँची और वहीं थोड़ी देर रुकी
AKO
たばこ
椿屋

*जापान, जर्मनी और इटली में त्रिराष्ट्रीय सन्धि की स्थापना

सितम्बर में बर्लिन में जापान, जर्मनी और इटली में त्रिराष्ट्रीय सन्धि की स्थापना हुई
जापान के लिए यह बहुत महत्त्वपूर्ण वर्ष था

पहले वर्ष में जर्मन सेना पोलैंड तक बढ़ गयी और द्वितीय विश्व युद्ध शुरू हुआ
जापान और चीन में लम्बे अरसे से युद्ध हो रहा था

जर्मन सेना ने अंग्रेजों पर बमबारी की और पेरिस तक बढ़ी, यूरोप में जर्मनी के विकास को देखकर जापान आकर्षित हुआ और उससे सन्धि स्थापित की, इस प्रकार जापान अब अंग्रेज और अमरीका का पक्का दुश्मन हो गया

जापान "दस करोड़ की एकता" के नारे के साथ तेजी से युद्ध की ओर बढ़ने लगा
देश में चीजें केवल राशन में मिलने लगीं, विलासिता की वस्तुओं की मनाही हुई, पड़ोसियों को संगठित किया गया और शाही शासन सहायता संघ की स्थापना हुई
उस साल में नवम्बर, ओसाका, कोरिएन
कर२२
माँ, कैसी हैं?
क्या दवाई खुद पी सकेंगी?
शुक्रिया
आज भी पिता आखिरी रेल पकड़ रहे होंगे
हाँ
वे स्कूल में सांकेतिक भाषा के नाटक की तैयारी करते हैं

कहते होंगे, "कुर्ची (कुर्सी) लेकर ई (एक) कदम आगे बढ़ो"
क्या करे, वे उत्तर इलाके के हैं
उनके उच्चारण में फर्क आ जाता है
पढ़ना है, कल मेरी परिछा (परीक्षा) है
ऐसा मत बोल!!
माँ...
आज तो सो पायेंगी?
हाँ, चिन्ता न करो
नवम्बर में शूको रोज सिरदर्द और अनिद्रा को झेल रही थी
तीन साल पहले उसके पेट की सर्जरी हुई थी, अब मस्तिष्क में वही बीमारी आ चुकी थी, पर किसी को मालूम नहीं था

उस रात को कियोशि आखिरी रेल से वापस आया
माँ सो रही है?
चुप
बहुत दिनों बाद गहरी नींद आ गयी
दवाई काम कर रही होगी
हल्की सी आवाज से जाग जाती है
और 'खामोश' कह देती है
खस्स्…

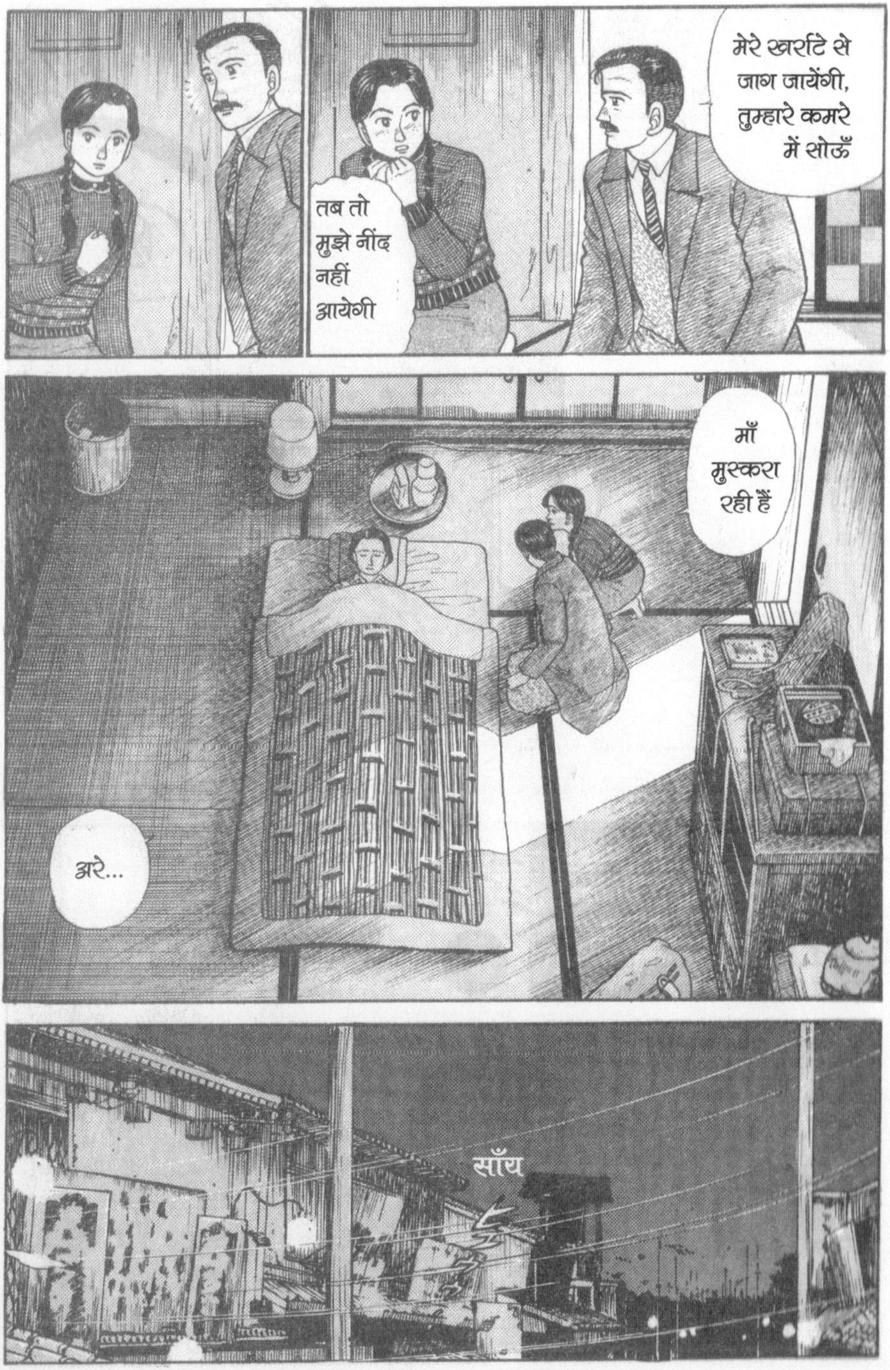
मेरे खर्राटे से जाग जायेंगी, तुम्हारे कमरे में सोऊँ
तब तो मुझे नींद नहीं आयेगी
माँ मुस्करा रही हैं
अरे...
साँय

!!
थप
योरिको जाग जाओ
जल्दी जागो!!
यह आवाज कैसी?... क्या हुआ
ऊँ ऊँ
खड़ाक
!!

ऊँ ऊँ
क्या हुआ तुम!!
सँभालो!!
ऊँ ऊँ
योरिको, डॉक्टर बुलाकर लाओ
नागाओ सर को ले आओ

साँय
चीख और जँभाई सी अजीब आवाज गले से निकालकर माँ सो रही थी, उसका चेहरा एकदम पीला था
आधी रात को अस्पताल तक दौड़ते-दौड़ते उसको सात साल पहले की याद आ रही थी
1933 में उस दिन भी योरिको आधी रात को दौड़ी थी
उस दिन पिता को तोक्यो जाना था, बीमार माँ को छोड़ कर
वे किसलिए गये थे...
हाँ... पिता को जापान बधिर-मूक विद्यालय प्रधानाचार्य महा सभा में जाना था

क्यों नाराज हो तुम?
पापा अच्छे नहीं हैं
बीमार माँ को छोड़कर गये
मरीज के लिए डॉक्टर रहते हैं
योरिको...
तो, क्या बधिर-मूक लोग
पिताजी के लिए रहते हैं?
कभी तुमने सुना कि डॉक्टर के लिए मरीज रहते हैं?
समझ सकती हो?

नहीं...
बधिर-मूक हैं, इसलिए पिताजी रहते हैं
तब तो पिताजी को बधिर-मूकों के लिए बहुत काम करना चाहिए ना
...हाँ
मैं पिताजी की मदद करती हूँ...
माँ की मदद योरिको को करनी होगी
हाँ...

उस दिन तोक्यो से पिताजी का पत्र आया
*श्रीमती ताकाहाशि शूको
जीतूँगा, जरूर जीतूँगा, जो कहना है कह दूँगा, भविष्य के बधिर-मूकों के लिए
मारुनोउचि होटल में, कियोशि, शूको के लिए
16 नवम्बर, 1940 को शूको ताकाहाशि के 45 साल के जीवन का अन्त हुआ
उसी दिन, कियोशि के स्कूल के बच्चों को 3000 दर्शकों के सामने सांकेतिक भाषा का नाटक प्रस्तुत करना था

*ओसाका बधिर-मूक विद्यालय

मिशिकावा सर के लिए खेद है
बधिर शिक्षा उन्नति संघ के अध्यक्ष तोकुगावा जी से आपके बारे में सुना है
पिछले साल तोक्यो में श्री तोकुगावा से मिली थी
मृत्यु से पूर्व पिताजी ने श्री तोकुगावा को लम्बा पत्र लिखा था
उस पत्र में...
नहीं !
मैं नहीं सुनूँगा
मृत्यु से पूर्व निशिकावा सर ने क्या सोचा था, उससे मुझे कुछ लेना-देना नहीं है

सांकेतिक भाषा के एकाधिकारी युग में आपके पिता ने मौखिक प्रणाली की शुरुआत की
मौखिक प्रणाली के प्रचलन को देखकर हमने पुनर्विचार और अध्ययन शुरू किया
और अनुकूल शिक्षा प्रणाली की घोषणा की
शिक्षा प्रणाली जीतने या हारने का विषय नहीं है
अगर आपको सांकेतिक भाषा सीखनी है तो बेशक सीख लीजिए
मैं खुशी से आपका स्वागत करूँगा
धन्यवाद
हामाको को ओसोका बधिर-मूक विद्यालय में सह शिक्षक का पद मिला

उस वर्ष में 8 दिसम्बर को जापान ने पर्ल हार्बर पर आक्रमण कर अंग्रेज और अमरीका पर हमला किया और प्रशान्त युद्ध का आरम्भ हुआ
युद्ध की गतिविधि तेज होने के कारण स्कूलों को बन्द किये जाने लगा
स्कूलों में सुरक्षा प्रशिक्षण दिया जाने लगा और युद्ध का माहौल देश में छा रहा था
1944 में परिवार के विरोध के बावजूद 28 साल की हामाको की शादी हुई
उस समय हामाको छात्रों से सांकेतिक भाषा सीख रही थी और एक कक्षा की अध्यापिका भी बनी

युद्ध और तेज होने लगा, वे दोनों फुकुशिमा जिले में पति के गाँव चले गए
उसका आदमी बीच में बधिर हुआ था, उसने मौखिक प्रशिक्षण नहीं लिया। चूँकि सांकेतिक भाषा भी नहीं आती थी, इसलिए इन दोनों के बीच बात लिख कर ही होती थी
1947 में उनका तलाक हुआ और हामाको निराश हो कर बड़ी बहन के पास गयी
जीवन कष्टपूर्ण था, बीमारी के बावजूद मजदूरी करनी पड़ी और लोक कल्याण सेवा का सहारा भी लेना पड़ा
हामाको ओसाका के स्कूल में कुल मिलाकर 6 साल तक शिक्षिका रही
बाद में उसे कावामोतो मौखिक प्रणाली पुरस्कार मिला, तो फिर से मौखिक प्रणाली से प्रेरित हो कर कई जगहों में व्याख्यान देना प्रारम्भ किया

उसने अपने लेख में ओसाका के स्कूल की यादें लिखीं
大阪市立聾啞学校
ओसाका बधिर-मूक विद्यालय
मैंने 6 साल तक उसी कक्षा में पढ़ाया
इशारों, मौखिक प्रणाली और अँगुलियों के शब्दों के माध्यम से शिक्षा देनी थी
लेकिन मैं जैसा सोचती थी, वैसा नहीं हुआ
मैं ठीक से शिक्षा नहीं दे पायी
बच्चों के लिए यह अच्छा नहीं हुआ
तभी मैंने अच्छी तरह समझ लिया कि बधिर शिक्षा के लिए सांकेतिक भाषा ही उचित प्रणाली है

ठक
जुलाई में बमबारी हुई और ओसाका बधिर-मूक विद्यालय का सम्पूर्ण भवन जल गया
जापान की हार हुई...
इस्सकु, समाप्त हो गया...
बचे हैं सांकेतिक भाषा के लिए...
ये हाथ
इस्सकु, यही बचा है
हमारे पास यही बचा है

क्या है... यह?
हमारा नया कानून है
1. नागरिकों की सम्प्रभुता
2. मौलिक मानवाधिकार का आदर
3. युद्ध का त्याग
पहले कानून में सम्राट की सम्प्रभुता थी पर अब यह हम नागरिकों के पास है
कानून के तहत हमारी समानता सुरक्षित है और युद्ध को त्यागने की घोषणा हुई है
कानून के तहत बराबर...?
हाँ बिलकुल!!
खट खट
खड़ाक
इस्सकु, सुनो!!

अभी सूचना मिली है
बधिर-मूक फेडरेशन की स्थापना होगी!!
देश भर के बधिर-मूक इकट्ठे हो जायेंगे
आज तक हमारी संस्था सामान्य लोगों पर आश्रित थी, पर अब ऐसा नहीं होगा
हमारी संस्था स्वयं स्थापित है
हमारे मानवाधिकार और संस्थापन की स्वाधीनता भी नये कानून में सुरक्षित है
अब हम उसका कैसा उपयोग करें, यह हमारे ऊपर निर्भर करता है

全日本聾唖連盟結成総会
24 मई, 1947
गुंमा जिले के इकाहो हॉट स्प्रिंग पर जापान बधिर-मूक फेडरेशन का पुनर्निर्माण हुआ
*जापान बधिर मूक फेडरेशन उद्घाटन समारोह
युद्ध से पहले केन्द्रीकृत प्रशासनिक व्यवस्था थी, पर आज प्रत्येक संगठन की स्वायत्तता पर बल दिया जाता है
उत्तर युद्ध काल में आहार की कमी और यातायात में असामंजस्य था, फिर भी देश भर से 120 प्रतिनिधि आ पहुँचे
अध्यक्ष के लिए ओसाका धिर-मूक विद्यालय के शिक्षक ुजिमोतो ोशिफुमि का चुनाव हुआ
बधिर-मूकों के कल्याण और संस्कृति की समृद्धि को उद्देश्य बनाया गया

बधिर शिक्षा का रूप भी परिवर्तित हुआ
युद्ध में आत्म समर्पण के बाद सामाजिक संरचना और लोगों की मानसिकता में भी परिवर्तन आया
कान की मशीन के प्रयोग से बधिर बच्चे में बचीखुची श्रवण की क्षमता को सक्रिय किया जाने लगा
श्रवण शिक्षा प्रचलित होने लगी
बधिर-मूक विद्यालय को अब बधिर विद्यालय ही बुलाया जाता है
बधिर बच्चों को भाषा सिखाने के लिए श्रवण शिक्षक का प्रशिक्षण मौखिक प्रशिक्षण के साथ दिया जाने लगा
सांकेतिक भाषा स्कूल से गायब हो गयी
聾学校

*बधिर विद्यालय

स्कूल में सांकेतिक भाषा को कितना भी रोका जाये, पर बधिर स्कूल से उत्तीर्ण होने के बाद समाज में शामिल हुए बधिर-मूकों के लिए यह आवश्यक थी
इसलिए सांकेतिक भाषा विरोधी स्कूल और बधिर-मूकों के सम्बन्ध में दरार था
सांकेतिक भाषा का रक्षक ओसाका बधिर स्कूल ही हमेशा बधिर-मूकों के आन्दोलन में सहायता देता था
यह बधिर-मूक आन्दोलन का केन्द्र बन गया
1952 में कियोशि ने स्कूल की जिम्मेदारी ओसोने गेंसुके को सौंप दी और 40 साल बाद शिक्षक जीवन से विदा ली
वह 63 साल का हो चुका था

1957 के दिसम्बर का अन्तिम सप्ताह शिगा जिला, ओत्सु शहर
हाँफ
हाँफ
हाँफ
नमस्कार
कर र र
मैं हूँ
कावाबुचि
अरे चिआकि
कैसी हैं बहन
कियोशि का पुत्र चिआकि विश्वविद्यालय की पढाई के बाद तोक्यो में नौकरी करता था
योरिको की शादी अपने जन्मस्थान शिगा जिले में हुई थी, उसका कुलनाम कावाबुचि में बदला गया
सुनो, तुम पिताजी के लिए क्या सामान ले जाओगे
मैं भी काफी समय बाद इस नववर्ष में उनसे मिलने जाऊँगी

बहन को पता नहीं है...
आज कल के पिता तो...
पिताजी इतना पीते हैं?
10 बॉटल?
मैं तो शराब ले जाऊँगा
10 बॉटल !
मुझे तो... पक्का पता है कि
10 बॉटल देखकर उनका चेहरा एकदम खिल जायेगा...
अच्छा..
वे दूसरों के लिए ही काम करते थे
फुकुदा सर गुजर गये...
40 साल के बाद स्कूल से विदा ली, बहुत कमजोर हो गये थे...
वे अकेले हैं...
पिता के पुनर्विवाह के बाद आप चली गयीं इसलिए आपको नहीं मालूम है...

सांकेतिक भाषा में बाधा मानने के कारण अँगूठी और घड़ी तक नहीं पहनते थे
परन्तु उनकी अँगुलियाँ अभी भी चलती हैं
सांकेतिक भाषा के ताकाहाशि सर की बात सुनने के लिए बधिर-मूकों ने उनसे व्याख्यान की प्रार्थना की
कमजोरी के बावजूद वे देश के एक छोर से दूसरे छोर तक पहुँचते थे
स्कूल छोड़ने के बाद भी उन लोगों से रिश्ता बनाये रखने में उन्हें सुख मिलता था
उन लोगों से ही पिताजी को शान्ति मिलती थी
उन्हें अभी भी मिलती है
"मिलती थी" न कहो...
जब तक उनकी अँगुलियाँ नहीं रुकेंगी...

हम पिताजी के घर में योरिको के साथ नववर्ष मनाएँगे...
यह कह कर चिआकि ओसाका चला गया
जब योरिको को पता चला कि कियोशि उसका वास्तविक पिता नहीं है, वह बहुत बेचैन हो गयी
पिता के पुनर्विवाह के समय योरिको घर से निकल गयी
इतने दिनों बाद पिता से मिलकर कैसे बात करूँ
पिताजी... कहते ही मैं रो पड़ूँगी
पर वही सही
高橋

*ताकाहाशि

चाहे वास्तविक पिता न हो, वे ही मेरे पिता हैं
नमस्कार...
बहन-बहुत गड़बड़ हुई
आपने आने का कष्ट किया, पर यहाँ बहुत गड़बड़ हो रही है
क्या हुआ
तुम बताओ तो सही!?

गा गा
वे नींद में नहीं हैं
वे कोमा में हैं
कल पिता ने खुशी से शराब पी...
आधी रात तक पी कर हमने खूब बात की...
सुबह 6 बजे जागे और उत्साहित थे कि योरिको इतने दिन बाद आ रही है
स्वयं रसोई में आये...

10 बजे... सारी तैयारी करने के बाद वे अखबार पढ़ने के लिए बैठना चाहते थे
तभी अचानक गिर गये, डॉक्टर के अनुसार उन्हें मस्तिष्क का दौरा पड़ा है...
दूसरा दिन, तीसरा दिन... वे कोमा में रहे
उनके यहाँ नववर्ष का अभिनन्दन करने आये लोग कियोशि को देखकर हैरान हुए, बाद में अनेक लोग उनसे मिलने आने लगे
सभी लोग सांकेतिक भाषा में कियोशि से बात करने की कोशिश करते पर उनसे कोई जवाब नहीं मिल पाता
सर, हमें छोड़ कर मत जाइए!!
जल्दी ठीक हो जाइए!!

आँखें खोलिए, सर!!
मेरे हाथों की ओर देखिए!!
सर... हाथ निकाल कर बात कीजिए!!
और एक बार मुझसे बात कीजिए!!
योरिको के मन में दर्द हो रहा था
पिता के हाथ अब इन लोगों के जवाब नहीं दे पायेंगे
कल रात डॉक्टर ने फिर बताया कि पिता की हालत बहुत गम्भीर है
पिता के शरीर को गरम करने के लिए योरिको ने रजाई के अन्दर अपना हाथ डाला

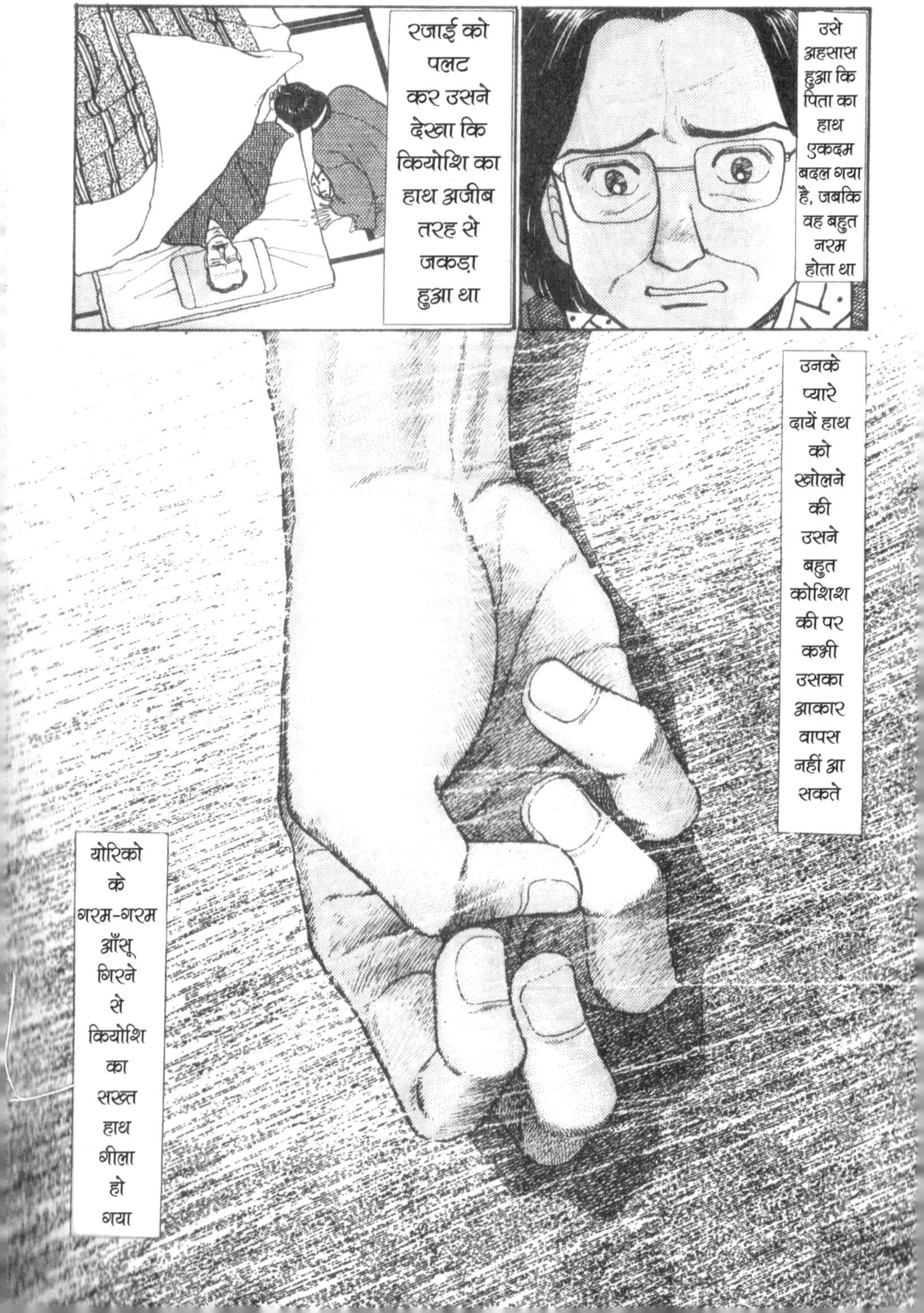
उसे अहसास हुआ कि पिता का हाथ एकदम बदल गया है, जबकि वह बहुत नरम होता था
रजाई को पलट कर उसने देखा कि कियोशि का हाथ अजीब तरह से जकड़ा हुआ था
उनके प्यारे दायें हाथ को खोलने की उसने बहुत कोशिश की पर कभी उसका आकार वापस नहीं आ सकते
योरिको के गरम-गरम आँसू गिरने से कियोशि का सख्त हाथ गीला हो गया

9 जनवरी, 1958 को सुबह 9 बजकर 23 मिनट पर
कियोशि ने धीरे से आँखें खोलीं और सबकी ओर देखकर मुस्कराये, फिर वे हमेशा के लिए सो गये

छटाक

अस्थियाँ एकत्र करें
लोग चोपस्टिक्स से अस्थियों को एकत्रित करने लगे
जहाँ कियोशि के हाथ जोड़े हुए थे, वहाँ हड्डियाँ थीं
2,3 सेंटीमीटर की, हल्की सी छोटी सी
पिताजी की...अँगुलियों की हड्डियाँ...
एक-एक कर उन्हें उठाकर योरिको ने कागज में समेट लिया

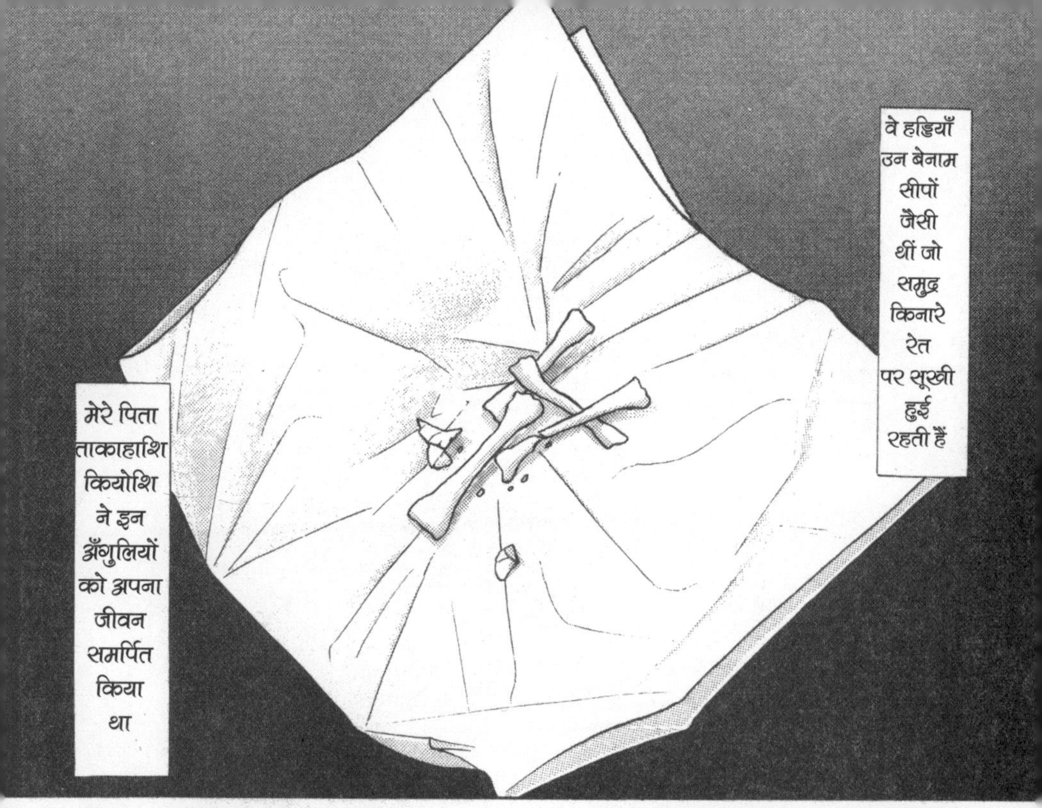
मेरे पिता ताकाहाशि कियोशि ने इन अँगुलियों को अपना जीवन समर्पित किया था
वे हड्डियाँ उन बेनाम सीपों जैसी थीं जो समुद्र किनारे रेत पर सूखी हुई रहती हैं

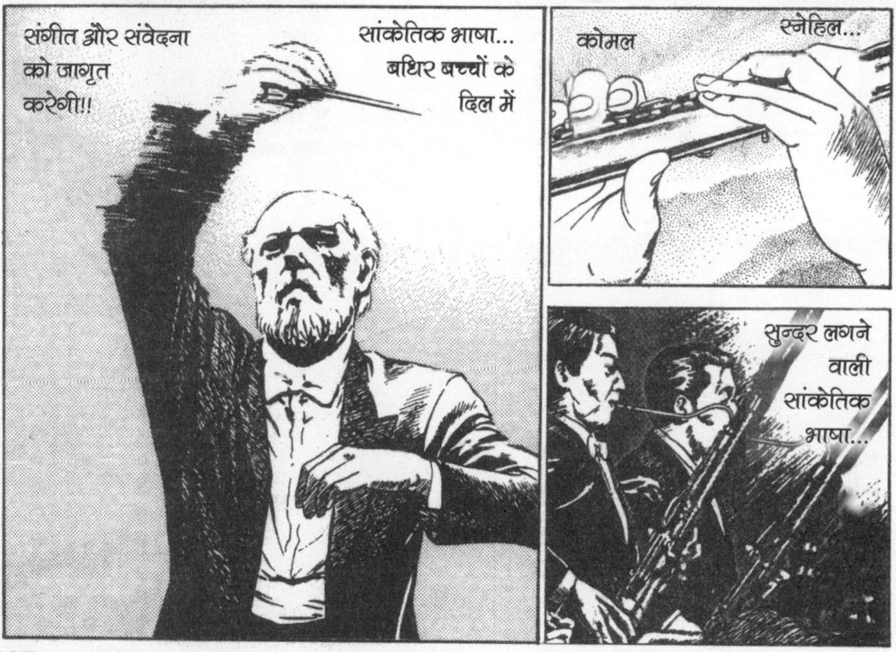
सांकेतिक भाषा... बधिर बच्चों के दिल में
संगीत और संवेदना को जागृत करेगी!!
कोमल
स्नेहिल...
सुन्दर लगने वाली सांकेतिक भाषा...

हाँ संगीत को इन अँगुलियों से!!
संगीत को उन लोगों के दिल में!!

मौखिक प्रशिक्षण उन बधिरों के लिए है जिनके लिए सुविधाजनक हो। जिनके लिए सुविधाजनक नहीं है, उन्हें सांकेतिक भाषा का प्रशिक्षण दिया जाना चाहिए
जिस शिक्षा प्रणाली में एक भी बच्चे को नहीं छोड़ा जाता, ऐसी अनुकूल शिक्षा प्रणाली की आवश्यकता है

कियोशि ने जिन्दगी भर उस सहज प्रणाली की माँग की, परन्तु उनके देहान्त के बाद भी बधिर शिक्षा की दुनिया ने उसे कभी नहीं स्वीकारा

बधिर स्कूल में बच्चों के लिए सांकेतिक भाषा मना थी परन्तु बधिर-मूकों ने समाज में शामिल होने के बाद एकत्रित होकर समाज के प्रति अपने अधिकार के रूप में सांकेतिक भाषा की आवश्यकता की घोषणा की

*बधिर शिक्षा का विचार-विमर्श प्रथम राष्ट्रीय सम्मेलन

*बधिर शिक्षा का विचार-विमर्श तृतीय राष्ट्रीय सम्मेलन

1933 के उस दिन... आपने भविष्य के बधिर-मूकों के लिए अकेले ही संघर्ष कर जिस बात का आग्रह किया
आज के बधिर-मूक स्वयं ही अपनी आवाज और अपने हाथों के माध्यम से उसी बात का आग्रह कर रहे हैं
उनके हाथों पर सांकेतिक भाषा के फूल खिल रहे हैं
उनके साथ मेरे मन में ऑर्केस्ट्रा का संगीत गूँज रहा है

बहुत सारी बातें सीखीं और मेरे व्यवहार में उनकी सशक्त छवि देखी जा सकती है। मैं आज भी मन में माँ से प्रश्न पूछा करती हूँ और उनके मार्गदर्शन के अनुसार ही आगे बढ़ती हूँ।

अक्टूबर 1990 में रचनाकार यामामोतो ओसामु जी से मेरी मुलाकात हुई। मुलाकात से पहले फोन पर उनसे बात हुई। मुझे कॉमिक के बारे में ज्यादा जानकारी न होने के कारण उनकी रचना "हरुकानारु कोशिएन (खेल का मैदान दूर है)" को फिल्म के रूप में ही मैंने देखा था, मैं इसे कॉमिक के रूप में नहीं जानती थी। जब उन्होंने मुझसे यह अनुमति माँगी कि वे मेरे पिता की जीवनी के आधार पर कॉमिक की रचना करना चाहते हैं, तब मुझे लगा कि पिता के जीवन की प्रस्तुति कॉमिक में कैसे सम्भव होगी। मैंने फोन पर उनकी शान्त और शिष्ट आवाज सुनी, बाद में उनसे मुलाकात भी हुई और उन पर मुझे पूरा विश्वास हुआ, क्योंकि उन्होंने मुझे बताया कि जब उन्होंने बधिर–मूक और सांकेतिक भाषा से सम्बन्धित कॉमिक "हरुकानारु कोशिएन" की रचना शुरू की थी, तब उन्हें लगा था कि उन्हें बधिर–मूक और सांकेतिक भाषा की गहरी जानकारी होनी चाहिए। इसी कारण उन्होंने सांकेतिक भाषा का प्रशिक्षण लेना शुरू कर दिया था।

कुछ लोग बधिरों पर शोध करने या उनसे सम्बन्ध रखने के बावजूद सांकेतिक भाषा सीखने का बिलकुल प्रयास नहीं करते, अपना नाम तक सांकेतिक भाषा में नहीं बता सकते और हमेशा सांकेतिक भाषा के दुभाषिए का सहारा लेते हैं। मुझे सन्देह है कि वे बधिरों के बारे में क्या सीख और समझ सकते हैं? मैं समझती हूँ कि बधिरों के साथ सम्बन्ध बनाने के लिए सांकेतिक भाषा को सीखने की इच्छा सचमुच अनमोल और महत्त्वपूर्ण है। इसी कारण जब मैंने यामामोतो जी से यह बात सुनी कि वे सांकेतिक भाषा सीखने का प्रयास कर रहे हैं, तब मैं अनायास ही उनके कॉमिक की प्रिय पाठक बन गयी। मेरा दृढ़ विश्वास था कि वे जरूर श्रेष्ठ कॉमिक की रचना करेंगे। मैं उनके साथ ओसाका बधिर विद्यालय गयी जहाँ वे अनेक सामग्री ग्रन्थों को पढ़कर कॉमिक रचना के लिए शोध कर रहे थे।

मैं उत्सुकता के साथ उनकी रचना का इन्तजार कर रही थी, पर साथ ही बेचैन भी थी कि कहानी की शुरुआत कैसी होगी, उसका कैसा शीर्षक होगा, इत्यादि।

मार्च 1991 के आखिरी हफ्ते में मुझे कॉमिक "अँगुलियों का ऑर्केस्ट्रा" मिला। मैं उसके सुन्दर शीर्षक से हैरान रह गयी, क्योंकि मेरे पिता अक्सर कहते थे कि प्रधानाचार्य को ऑर्केस्ट्रा के कंडक्टर की भूमिका निभानी होती है। शिक्षकों के विभिन्न व्यक्तित्वों के समन्वित प्रयास से विद्यालय रूपी ऑर्केस्ट्रा का सुन्दर संगीत बज उठना चाहिए। मैंने सोचा कि शायद मैंने यामामोतो जी को यह बात बतायी होगी। परन्तु ऐसा नहीं था। मुझे इस प्रकार के संयोग से बहुत आनन्द मिला। मैं अत्यन्त उत्सुकता से प्रत्येक खंड का इन्तजार करती रही। बहुत लम्बे समय तक परिश्रम करने के लिए ओसमु जी को धन्यवाद।

मुझे बधिरों और अन्य लोगों पर आधारित अन्य अनेक कहानियों का इन्तजार रहेगा।

मैं अब अपने स्वर्गवासी माता–पिता के पास जाने वाली हूँ। मुझे लगता है कि अब ऐसा जल्द ही होगा। किन्तु तब तक मैं बहुत परिश्रम करूँगी ताकि उस दुनिया में जब मैं अपने माता–पिता से मिलूँ तो वे मेरा सिर सहलाते हुए कहें, "योरिको ने सचमुच बहुत अच्छा काम किया।"

अन्त में मैं प्रकाशक अकिता शोतेन के प्रति भी कृतज्ञता प्रकट करती हूँ।

धन्यवाद।

उस आयोजन में मैंने देखा कि मौखिक प्रणाली को अपनाने वाले स्कूल के प्रधानाचार्य का व्याख्यान सांकेतिक भाषा के दुभाषिए के माध्यम से प्रस्तुत किया गया। स्कूल में तो वे बच्चों को सांकेतिक भाषा अपनाने की सख्त मनाही करते हैं, फिर भी, यहाँ वे उसी सांकेतिक भाषा के दुभाषिए के बिना अपना व्याख्यान प्रस्तुत नहीं कर पाये। इस विरोधाभास से क्या उनकी किरकिरी न हुई होगी। ...पिता की 60 साल पुरानी इच्छा की पूर्ति आज होने वाली है। इसमें बहुत अधिक समय लगा।

सम्मेलन के श्रोताओं की ओर से आवाज आयी, "स्कूल में दिये जाने वाले सांकेतिक भाषा के प्रशिक्षण में सुधार होना चाहिए, यह एक बधिर का सुझाव है।" ठीक उसी बात को समाज तक पहुँचाने के लिए "अँगुलियों का ऑर्केस्ट्रा" की रचना हुई। मैं लेखक के प्रति पुनः कृतज्ञता प्रस्तुत करना चाहती हूँ।

मेरी माँ का व्यक्तित्व बहुत गम्भीर था, जो शिक्षा मुझे माँ से मिली, वह सदा के लिए मेरे हृदय में विद्यमान है। जब भी मुझे मुसीबतों का सामना करना पड़ता है मुझे माँ की आवाज सुनाई देती है। माँ ने मुझे ऐसी शिक्षा दी कि मैं पिता का सम्मान करूँ और पिता को सबसे ज्यादा पसन्द करूँ। जब भी माँ मुझे डाँटने लगती, तो पिता मुझे प्यार करते। उस प्रकार की शिक्षा में मुझे और माँ को सुख की अनुभूति होती थी। पिता के काम के लिए माँ हर प्रकार की सहायता देती थीं और उसी रूप में अपनी कृतज्ञता प्रस्तुत करती थीं।

पिता "धर्म शिक्षण" में साम्प्रदायिकता को महत्त्व नहीं देते थे। मेरी माँ बौद्ध धर्म की निशिहोंगन शाखा की धर्म प्रचारक थीं, फिर भी उन्होंने ईसाई धर्म में प्रचलित "रविवार का शाला" शैली को अपनाते हुए बौद्ध धर्म शिक्षण की कक्षा शुरू की। हालाँकि उनकी कक्षा शनिवार दोपहर को होती थी, बधिर बच्चे खुशी से कक्षा में आते थे। गुरुओं द्वारा वर्णित धर्म वचनों को सांकेतिक भाषा के दुभाषिए के माध्यम से प्रस्तुत किया जाता, बधिर बच्चे उन्हें ध्यान से सुनते और सांकेतिक भाषा में बौद्ध धर्म का भजन भी गाते। वह दृश्य उसी रूप में आज भी मेरे मन में सुरक्षित है। मेरे पिता ईसाई थे, उन्होंने भी अलग से "रविवार की शाला" आरम्भ की। उनकी कक्षा में भी बधिर बच्चे सांकेतिक भाषा के साथ बहुत सुन्दर ढंग से ईसाई भजन गाते थे। हमारे घर में साम्प्रदायिकता का कोई स्थान नहीं था उसी कारण वहाँ सामंजस्य का निवास था।

अप्रैल 1937 में सुश्री हेलेन केलर जापान में आयीं। मेरी माँ की इच्छा ओसाका शहर में उनका स्वागत करते हुए "बधिर–मूक कल्याण प्रयोजन महिला संघ" की स्थापना करने की थी। "अँगुलियों का ऑर्केस्ट्रा" में भी सुश्री केलर के बारे में बताया गया है। उस संघ का उद्देश्य गरीब परिवारों की मदद करना था, इसलिए माँ ने सोचा कि उसकी स्थापना अगर सुश्री केलर का स्वागत करते हुए की जाये तो यह बहुत अर्थपूर्ण होगा। मेरी माँ हमेशा अपने दोस्तों और परिचितों को बधिरों के बारे में बताती थी, ताकि समाज बधिरों की आवश्यकताओं के बारे में परिचित हो सकें। "बधिर–मूक कल्याण प्रयोजन महिला संघ" ने एक सम्पन्न महिला संघ के रूप में सुश्री केलर का स्वागत किया। जब सुश्री केलर ने स्वर्गवासी सुलिवान मैडम की तस्वीर के सामने रखे हुए अनेक उपहारों को देखा तब वे खुश होकर बोली कि ऐसा तो किसी ने भी नहीं किया। उस संघ के सदस्यों को "धन्यवाद पेटी" प्रदान की जाती थी। उस पेटी पर अंकित था कि "श्रवण की क्षमता से प्राप्त सुख को धन्यवाद दें।" सदस्यों से यह अपेक्षा की जाती थी जब भी उनके मन में धन्यवाद का भाव आये, वे उस पेटी में दान दें। उसी दान को सदस्यता शुल्क के रूप में स्वीकारा जाता था। इस प्रकार मेरी माँ का जीवन सदा मेरे पिता के लिए समर्पित रहा।

मेरी माँ का मात्र 10 साल का विवाहित जीवन रहा किन्तु इसके बावजूद उनका जीवन सुख से परिपूर्ण था और मेरे पिता के प्रति कृतज्ञता और सम्मान की भावना से भरा हुआ था। मैंने माँ से

कर अँगुलियों के अक्षर ज्ञान का अभ्यास शुरू हो गया। यह 1931 की बात है। मैं उनकी बेटी हूँ इसलिए मुझे पूरे जापान में अँगुलियों का सबसे अच्छा अक्षर ज्ञान आना चाहिए था।

पिता मुझे गोद में लेकर अँधेरे कमरे में मधुर संगीत सुनते हुए अनेक कहानियाँ सुनाते और मैं शान्ति से सुनती रहती। हालाँकि उस समय असीम आनन्द का अनुभव होता था, फिर भी मेरा विचार है कि उस समय पिता को अपने स्कूल के बधिर बच्चों की याद जरूर आयी होगी। पिता उन बच्चों को सुखी देखना चाहते थे। बधिरों की शिक्षा के लिए प्रचलित पद्धति यानी मौखिक प्रणाली के पक्षधर पिता को नीचा दिखाकर उनका अपमान करते थे, फिर भी पिता ने भावी बधिरों के लाभ के लिए सांकेतिक भाषा की रक्षा की। इतना ही नहीं, उन लोगों के विरोध और अपमान का सामना करके भी उन्होंने अँगुलियों के अक्षर ज्ञान की स्थापना की, जो आज बहुत प्रचलित है। इसके अतिरिक्त उन्होंने बड़े हॉलों में सांकेतिक भाषा के नाटक का प्रदर्शन करवाया और देश में पहली बार सांकेतिक भाषा का गाना प्रस्तुत किया। वर्तमान युग में अभिव्यक्ति की स्वतन्त्रता कानून के तहत सुरक्षित है, पर पिता के समय में ऐसा नहीं था। उस युग की सामाजिक स्थिति को मद्देनजर रखते हुए यह अचम्भित कर देने वाली बात थी जो इस बात की भी परिचायक है कि कोमल व्यक्तित्व के स्वामी होते हुए भी मेरे पिता कितने साहसी और दृढ़ व्यक्ति थे।

मेरी पुस्तक "अँगुलियों की हड्डी" में इस पर विशेष रूप से प्रकाश डाला गया है कि 29 जनवरी, 1933 को जापान बधिर–मूक विद्यालय प्रधानाचार्य सभा का आयोजन हुआ था। इस कॉमिक (अँगुलियों का ऑर्केस्ट्रा) में रचनाकार श्री ओसामु द्वारा उसे बहुत सुन्दर ढंग से अभिव्यक्त किया गया है। पिता ने कहा था, "आज बधिर–मूक शिक्षा के इतिहास का अविस्मरणीय दिन है" आज यह जानने का तो कोई साधन नहीं है कि पिता ने उस दिन को क्यों अविस्मरणीय कहा था। क्या उनके लिए यही सबसे बड़ा दुख था कि उस दिन बधिर शिक्षा जगत से सांकेतिक भाषा बहिष्कृत हुई और उनकी निजी प्रणाली यानी अनुकूल शिक्षा प्रणाली अस्वीकृत हुई, जिसमें प्रत्येक बच्चे की क्षमता के अनुसार सरल एवं सुखद प्रशिक्षण दिया जा सकता था। अथवा, वह दिन केवल उस रूप में स्मारक रहेगा कि सिर्फ ओसाका बधिर–मूक विद्यालय ही सांकेतिक भाषा की रक्षा कर पाया।

पिता ने बधिर शिक्षा के शिक्षक के रूप में उपर्युक्त शब्द कहे थे किन्तु खेद है कि शिक्षा मंत्रालय की रिपोर्ट में उस दिन का कोई जिक्र नहीं है जिससे मैं बहुत असुविधा महसूस करता हूँ।

15 जनवरी, 1988 को "बधिर शिक्षा में सांकेतिक भाषा" समारोह और 31 अगस्त, 1991 को "बधिर शिक्षा पर विचार विमर्श" सम्मेलन का आयोजन हुआ। इन आयोजनों में बधिर स्कूल के शिक्षकों और बधिरों के अविभावकों ने भाग लेकर बताया कि बधिर शिक्षा पर विचार करते हुए बधिरों के दृष्टिकोण एवं विचारों को नज़रअन्दाज़ नहीं किया जाना चाहिए। असुविधापूर्ण वातावरण में शिक्षा प्राप्त करने वाले बधिरों ने भी वहाँ अपने विचार प्रस्तुत किये।

मैंने भी उन आगोजनों में भाग लिया। गेरा दिल बहुत दुखी हुआ। अक्सर ऐसे आयोजनों में बधिर स्कूल के शिक्षकों को व्याख्यान सांकेतिक भाषा के दुभाषिए के माध्यम से प्रस्तुत किये जाते हैं, परन्तु उस आयोजन में एक शिक्षक ने स्वयं सांकेतिक भाषा का प्रयोग कर अपना व्याख्यान प्रस्तुत किया। तत्पश्चात एक बधिर ने कहा, "आपने स्वयं सांकेतिक भाषा का प्रयोग कर व्याख्यान दिया, यह देखकर मुझे बहुत खुशी हुई और यह बहुत अच्छी बात है।" बधिर ने तो अनायास उमड़ी अपनी प्रसन्नता ही दर्शायी थी, लेकिन मैं यह देखकर खीझ गयी क्योंकि मेरे विचार में अगर एक बधिर ऐसी मामूली बात पर खुश हो जाता है तो यह वर्तमान बधिर शिक्षा की दुर्दशा की ओर ही संकेत करता है। पिता कहते थे कि बधिर स्कूल के सभी शिक्षकों को सांकेतिक भाषा आनी चाहिए, चाहे उनकी कक्षा में सांकेतिक भाषा प्रणाली को न भी अपनाया जाता हो।

...और अन्त में

कावाबुची योरिका

"अँगुलियों का ऑर्केस्ट्रा" के प्रकाशन के अवसर पर मैं रचनाकार श्री यामामोतो ओसामु के परिश्रम की प्रशंसा करती हूँ। मैं पाठकों की भी कृतज्ञ हूँ।

मैंने "शिकोत्सु (अँगुलियों की हड्डी)" और "शुवा व कोकोरो (सांकेतिक भाषा हृदय है)" दो पुस्तकें लिखीं। मैंने कल्पना भी नहीं की थी कि "शिकोत्सु" का परिचय कॉमिक के माध्यम से दिया जायेगा। "शिकोत्सु" में मैंने ताकाहाशि कियोशि की पुत्री की दृष्टि से पिता को बधिर शिक्षा के शिक्षक के रूप में देखा और माता को पिता के सहयोगी के रूप में। "शुवा व कोकोरो" में मैंने सांकेतिक भाषा के दुभाषिये के रूप में सांकेतिक भाषा के माध्यम से आपस में एक–दूसरे से जुड़े हुए अनेक बधिरों से हुई अपनी विभिन्न मुलाकातों के बारे में बताया।

"शिकोत्सु" की रचना मैंने समाज में किसी प्रकार का प्रश्न उठाने के लिए नहीं की, बल्कि मैंने तो उसमें संयोग से पिता बने व्यक्ति के लिए सम्मान और सहानुभूति प्रकट की है। प्रस्तुत लेखन के दौरान मैंने पुनः अपने पिता की महानता का एहसास किया। पिता के बारे में लिखते हुए मैं अत्यंत उत्साहित हुई और मैंने सांकेतिक भाषा के दुभाषिए के रूप में परिश्रम करने का संकल्प लिया।

मेरे पिता से परिचित असंख्य बधिरों के मन में जैसे मेरे पिता की स्मृतियाँ विराजमान हैं, ठीक उसी प्रकार मेरा मन भी उनकी अनेक स्मृतियों से भरा हुआ है। ओसामु जी की समर्थ तूलिका मुझे उनकी स्मृतियों की दुनिया में ले जाती है, और जैसे मैं उन्हें फिर से महसूस करने लगती हूँ। जैसे उनसे कैसे पहली मुलाकात हुई थी, नहाने जाते समय उनके साथ कैसी चर्चा हुई थी, कब उन्हें लेने स्टेशन गयी थी, इत्यादि। जब मैं छोटी थी, तब हमेशा पिता ही मुझे सुलाया करते थे। सुलाते समय वे यूमोरेस्क, ट्रोइमेराइ, सुवेनीर, एव मारिया आदि के संगीत का रिकार्ड लगा कर मुझे सुनाते थे। कभी मैं एक ही गाना सुनकर सो जाती तो कभी दो गाने सुनकर सोती। कमरे की बत्ती बुझी होती थी और खिड़की से चाँदनी भीतर बिखरती थी। संगीत सुनते–सुनते पिता धीमे स्वर में तरह–तरह की कहानियाँ सुनाया करते थे।

जैसे कि "अँगुलियों का ऑर्केस्ट्रा" के प्रथम खंड में बताया गया कि जब मेरे पिता संगीत की पढ़ाई छोड़ने के कारण दुखी रहते थे, तब तोहोकुगकुइन विश्वविद्यालय के प्रधानाचार्य शुनेडा साहब ने उनसे कहा, "तुम्हें विदेश जाने की जरूरत नहीं है, जापान में जो लोग दुखी रहते हैं, उनके लिए काम करो। वही ज्यादा अच्छा होगा।"

पिता ने मुझे अपनी तरह–तरह की बातें बताईं। उन्होंने मुझे बताया कि कैसे उन्होंने त्योहार में आयोजित नाटक के लिए बाँसुरी बजायी थी, दोस्त से पुस्तक उधार लेने के लिए उसके बदले में उन्हें स्कूल की सफाई करनी पड़ती थी, दोस्तों के साथ साहस दिखाने की प्रतियोगिता में उन्हें वास्तव में बहुत डर लगा था, इत्यादि। तब मुझे पिता की गोद में उनके दिल की धड़कन सुनाई देती थी और मैं इतनी आनन्दित होती थी कि मुझे ऐसा लगता था मानो मैं एक बड़े जहाज में बैठी हुई हूँ। आज मैं सत्तर साल की हूँ, दादी बन चुकी हूँ, फिर भी उस आनन्द की स्मृति से मेरी आँखों से आँसू बहने लगते हैं।

कहानी सुनाते–सुनाते पिता का हाथ भी साथ चलता रहता था। इससे मुझे असुविधा होती थी। आखिरकार एक दिन मैं कह उठी, "अँगुलियों से अक्षर बनाना बन्द कीजिए।" और पिता ने कहा, "योरिको, तुम भी करके देखो।" इस प्रकार पिता के दायें हाथ और मेरे बायें हाथ को मिला

नोट : इस पुस्तक को दायें से बायें पढ़ा जायेगा।

(इस पुस्तक की सज्जा मूल जापानी पुस्तक की तरह तैयार की गयी है)

नीचे दिये गये उदाहरण से पुस्तक पढ़ने में सुविधा होगी।

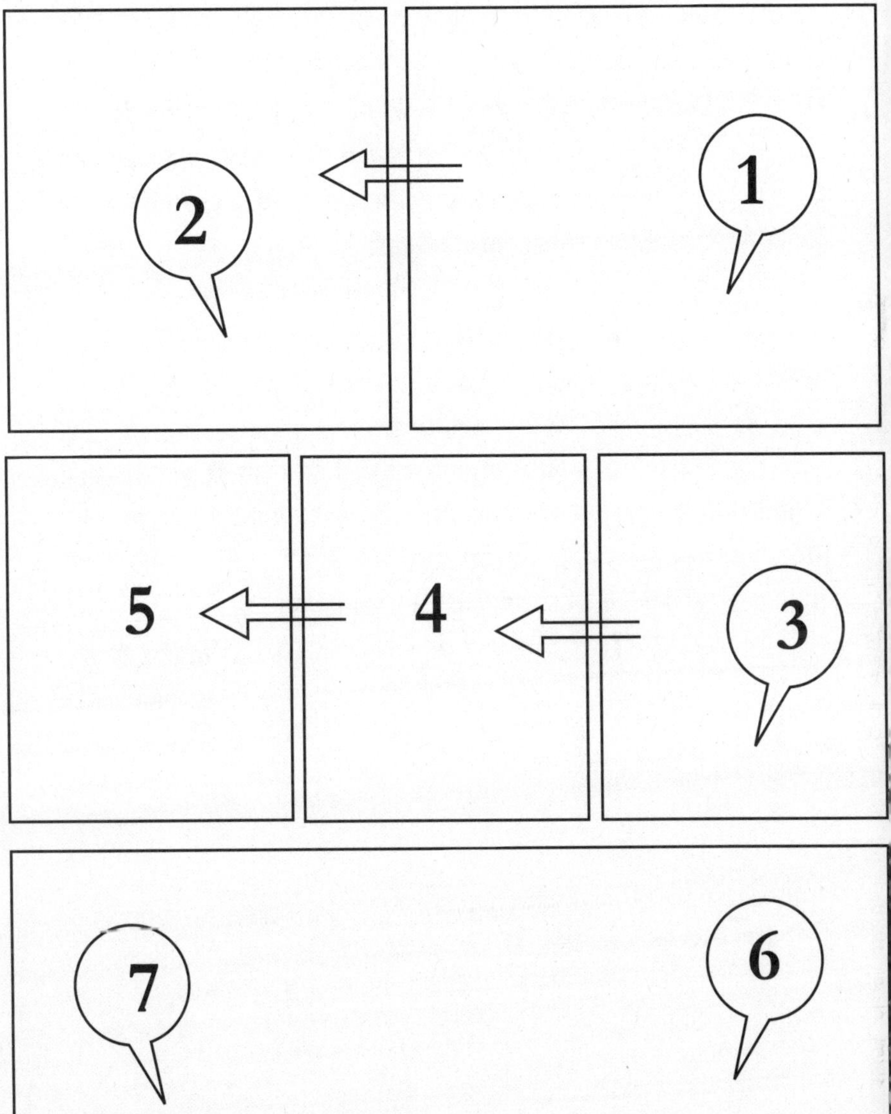

उसे असामान्य मानने वाली सामाजिक परिस्थिति।

यह कॉमिक न केवल बधिरों की कहानी है, बल्कि इसमें तद्‍युगीन जापान में दरिद्रता और भेदभाव की समस्या को भी उठाया गया है। उस समय बधिर और गरीबी का घनिष्ठ सम्बन्ध था और इसी के कारण भेदभाव भी उत्पन्न हो जाता था। वहाँ हमेशा बधिरों के मानवाधिकार की उपेक्षा की जाती थी। इस कहानी की विशेषता यह है कि बधिरों के दुख और आक्रोश को उन्हीं की दृष्टि से देख कर व्यक्त किया गया। इसकी मूल प्रेरणा है कि प्रत्येक व्यक्ति को मानवीय जीवन जीने का अधिकार मिलना चाहिए।

इस कॉमिक को पढ़कर आप सहसा यह सोचने लगेंगे कि मानव जीवन क्या है। हम सब मनुष्य सुख-शान्ति से रहना चाहते हैं। युद्ध की समाप्ति से ही विश्व शान्ति की स्थापना नहीं हो सकती है, बल्कि वास्तविक विश्व शान्ति की स्थापना तभी सम्भव है, जब विश्व में सम्पूर्ण मानव जाति के लिए मानवीय जीवन जीने का अधिकार सुरक्षित हो।

मैं जापान फाउंडेशन, नई दिल्ली और उसके निदेशक श्री कात्सुमा दोई को हृदय से धन्यवाद देती हूँ, उनके सहयोग के बिना यह पुस्तक कभी पूरी नहीं हो पाती। इस पुस्तक को प्रकाशित करने के लिए वाणी प्रकाशन के प्रबन्ध निदेशक श्री अरुण माहेश्वरी व श्रीमती वीणा अग्रवाल से मुझे पूरी सहायता मिली और डॉ. सुरिन्दर रंधावा से समय-समय पर मुझे महत्त्वपूर्ण प्रेरणा मिली, मैं उनकी आभारी हूँ। जापान में पूर्व राजदूत श्री अर्जुन असरानी, प्रो. अवधेश कुमार सिंह और डॉ. एस.के. प्रसाद से मुझे अमूल्य प्रोत्साहन मिला, मैं उनको अपनी कृतज्ञता प्रस्तुत करती हूँ।

तोमोको किकुचि

9 जनवरी 2015

अनुवादक की ओर से

सबसे पहले मैं इस कॉमिक के पाठ की ओर आपका ध्यान केन्द्रित करना चाहती हूँ कि इसे पढ़ने के लिए आपको एक विशेष तकनीक अपनाने की जरूरत है। जापानी भाषा की विशेषता के अनुसार जापानी पुस्तक उल्टी तरफ से पढ़ी जाती है, यानि पृष्ठ दायीं ओर से खुलेंगे। यह कॉमिक भी उसी रूप में प्रकाशित हुआ है, ताकि मूल रचना के कलात्मक गुणों को सुरक्षित रखा जा सके। जापानी पाठकों के अलावा अन्य भाषाओं के पाठकों के लिए यह पाठ कठिन अभ्यास हो सकता है, परन्तु यह पढ़ने की कठिन पद्धति नहीं हैं। मार्गदर्शन के तौर पर पृष्ठ का नमूना दिया जा रहा है, ताकि उसके सहारे आप पढ़ने के क्रम को पहचान सकें।

कॉमिक "अँगुलियों का ऑर्केस्ट्रा" जापान की बधिर शिक्षा के अध्यापक ताकाहाशि कियोशि की जीवनी पर आधारित है ।

20वीं शताब्दी के आरम्भ में जापान में बधिर शिक्षा में मौखिक प्रशिक्षण पर महत्व दिया जाने लगा और सांकेतिक भाषा नकारी जाने लगी। ऐसी पूर्व प्राचीन मान्यता थी कि बधिर अपूर्ण और असामान्य व्यक्ति है और जो बोल सकता है वही पूर्ण और सामान्य व्यक्ति है। इसी प्रकार मानवीयता की उपेक्षा की जा रही थी। इस पुस्तक में नायक ताकाहाशि द्वारा यह सन्देश दिया गया है कि सांकेतिक भाषा ही बधिरों के लिए सहज भाषा पद्धति है। यद्यपि बधिर मुँह से नहीं बोल सकते, तथापि वे कतई अपूर्ण नहीं है । बधिरों से सांकेतिक भाषा को छीन लेने का अधिकार किसी के पास नहीं है और यह किसी भी स्थिति में भी स्वीकार्य नहीं है। अध्यापक ताकाहाशि बधिर बच्चों की शिक्षा व मानवीयता की रक्षा के लिए अपना जीवन समर्पित कर स्कूल, कस्बे और समाज को बदलने का प्रयास करते हैं ।

वर्तमान भारत के बधिर स्कूलों की शिक्षा प्रणाली में मौखिक प्रशिक्षण को महत्व दिया जाता है और बधिर बच्चों को सांकेतिक भाषा का पर्याप्त शिक्षण नहीं मिल पाता है। यह बधिर विद्यार्थियों की शिक्षा के लिए स्वस्थ और सुविधाजनक वातावरण नहीं कहा जा सकता। इस समस्या के कई कारण हैं, जैसे अव्यवस्थित बधिर शिक्षा प्रणाली, सांकेतिक भाषा के शिक्षकों की कमी, इत्यादि। खैर इस समस्या का मूल कारण यह है, जैसे कि ऊपर बता चुकी हूँ जो बोल सकता है उसे सामान्य और जो नहीं बोल सकता है

वाणी प्रकाशन

4695, 21-ए, दरियागंज, नयी दिल्ली 110 002

शाखा

अशोक राजपथ, पटना 800 004

फ़ोन: +91 11 23273167 फ़ैक्स: +91 11 23275710

www.vaniprakashan.in
vaniprakashan@gmail.com

Waga Yubi No Orchestra (Vol-4)

by Osamu Yamamoto

First Published in Japan in 1993 by Akita Publishing Co. Ltd., Tokyo
Hindi translation rights arranged with Akita Publishing Co. Ltd.
through Tuttle-Mori Agency, Inc., Tokyo

Anguliyon Ka Orchestra-4

Translated in Hindi directly from Japanese by Tomoko Kikuchi

Comics

प्रथम हिन्दी संस्करण 2015

ISBN: 978-93-5072-986-1

मूल्य : ₹ 195

अँगुलियों का ऑर्केस्ट्रा

का हिन्दी भाषा में प्रकाशन वाणी प्रकाशन, नयी दिल्ली द्वारा
अकिता पब्लिशिंग कं. लि., तोक्यो व तुटली-मोरी एजेन्सी, इंक., तोक्यो
के अनुबन्धानुसार किया गया है

JAPANFOUNDATION

जापान फाउण्डेशन, नयी दिल्ली के सहयोग से प्रकाशित

प्रिंटलैंड डिजिटल, दिल्ली 110 020 में मुद्रित

वाणी प्रकाशन का लोगो मक़बूल फ़िदा हुसेन की कूची से